Rüdiger Schneider

Tod eines Literaturagenten

Kriminalroman

Personen und Handlung sind frei erfunden, Ähnlichkeiten oder gar Übereinstimmungen mit Namen rein zufällig.

Rüdiger Schneider

Tod eines Literaturagenten

Kriminalroman

Bibliografische Information der Deutschen Nationalbibliothek: Die Deutsche Nationalbibliothek verzeichnet diese Publikation in der Deutschen Nationalbibliografie; detaillierte bibliografische Daten sind im Internet über http://dnb.d-nb.de abrufbar.

Herstellung und Verlag: Books on Demand GmbH, Norderstedt

ISBN: 9783752879124

1

Der Tote, der die Kaskaden des Wasserfalls bei Schaffhausen hinunterstürzte, wurde dort, wo der Rhein mit etwas ruhigerem Gewässer an Laufen vorbeiströmt, von der Schweizer Polizei herausgefischt. Die Obduktion ergab, dass er etwa drei Tage im Wasser verbracht haben musste. Ungewiss war, ob es sich um einen Unfall, einen Suizid oder einen Mord handelte. Zu zahlreich waren die Kopfverletzungen und ob die eine, besondere, von einer scharfen Felskante stammte oder mit stumpfer Gewalt herbeigeführt worden war, ließ sich nicht mehr feststellen. Dass er Wasser in der Lunge hatte, wies auf Ertrinken hin. Aber damit war noch lange nicht klar, ob er zuerst einen Schlag auf den Kopf bekommen hatte oder unglücklich in den Rhein gestürzt war.

Seltsam war die Verweilzeit im Wasser. Drei Tage. Das war, bei starker Strömung, ungewöhnlich lange für die kurze Strecke vom Stauwehr in Schaffhausen bis zum Rheinfall. Vor dem Stauwehr des Wasserkraftwerks konnte die Tat oder das Unglück nach Überlegungen der Kantonspolizei nicht geschehen sein. Wäre er vom Bodensee her auf den Rheinfall zugetrieben, hätten ihn die Auffangrechen des Wehrs abgefangen. So begnügte man sich mit der These, dass er sich in einer Biegung des Stroms eine Zeitlang verfangen hätte und erst dann weitergetrieben sei.

Nichts hatte der Tote dabei. Keine Papiere, keine Brieftasche, kein Portemonnaie, keine Schlüssel, kein Handy oder Smartphone. Auffällig war nur der beige Sommeranzug und die teuren Markenschuhe aus Leder. Erst als man die

Vermisstenanzeigen der näheren und weiteren Umgebung durchging, stieß man auf eine Spur. Die Vermieterin einer Ferienwohnung in Radolfzell am Bodensee hatte bei der Polizei Anzeige erstattet. Der Mann, der die Wohnung gemietet und noch nicht bezahlt hatte, war an einem Freitag angekommen, hatte übernachtet, die Wohnung am Samstagnachmittag verlassen und war nicht wiedergekommen.

Das Alter stimmte überein. Ebenso die Beschreibung der Kleidung. Jetzt ließen sich aufgrund des Meldezettels, den der Gast ausgefüllt hatte, die Personalien feststellen. Ein Arnold Achenbach aus Bonn. 55 Jahre, unverheiratet, ohne Familie, keine Geschwister, keine Eltern mehr. So viel hatte man herausbekommen und das schien genug.

Für die Schweizer war damit der Fall erledigt. Sie gaben ihn weiter an die deutschen Kollegen in Konstanz. Die wiederum leiteten ihn weiter an das Bonner KK 11, das für Todesermittlungen zuständig war. Die Bonner waren nach ihrer Auffassung eher dazu berufen, im Umfeld des Toten zu recherchieren und herauszufinden, warum Achenbach nach Radolfzell gekommen war und was er dort unternommen hatte.

2

„Erst hast du kein Glück, und dann kommt auch noch Pech dazu." An diesen Spruch musste Hauptkommissar Konrad Brandt denken, als er am Montagmorgen die Sportseite im Bonner General-Anzeiger las. Er hatte am Samstag das Endspiel der

Champions League im Fernsehen verfolgt, Liverpool die Daumen gedrückt, aber am Ende hatte wieder mal Real Madrid gewonnen. Der unglücklichste Mensch des Abends war der Torwart von Liverpool gewesen. Zwei fatale Fehler waren ihm unterlaufen und damit das Spiel für seine Mannschaft verloren. Nach dem Abpfiff hatte er minutenlang den Kopf in den Rasen des Stadions gedrückt, lag dann auf dem Rücken und war untröstlich.

Wie beim Fußball so konnte es auch im Leben laufen. Manchmal hatte man nicht nur kein Glück, sondern eine fatale Verkettung widriger Umstände gegen sich. Was war nur mit diesem Arnold Achenbach passiert? Brandt hatte die Akte der Konstanzer vor sich liegen, auch den Obduktionsbericht der Schweizer. Wie konnte man nur so viel Pech haben? In eleganter Kleidung in den Rhein stürzen und dann den größten Wasserfall Europas hinuntersausen? Betrunken jedenfalls, wie die Gamma-Werte der Leber ergaben, war er nicht gewesen. Ein Suizid war möglich. Aber wer wählte schon eine so qualvolle Methode? Die Eidgenossen allerdings neigten in ihren Überlegungen dazu. Die Konstanzer schlossen sich an und waren froh, den Fall nach Bonn abgegeben zu haben.

Eine gewisse Logik hatte das. Denn zunächst war das Umfeld, waren die Lebensumstände Achenbachs zu untersuchen. Die ergaben sich am besten vor Ort. Da, wo er gewohnt, gelebt hatte. Vielleicht ließ sich ein Motiv für einen Mord finden. Welche Verbindungen hatte der Tote nach Radolfzell und in die Schweiz gehabt? Brandt ärgerte sich über den lakonischen Rapport der

Konstanzer. Die hatten Achenbachs Vermieterin in Radolfzell nur kurz befragt. Herumgekommen war dabei nichts. Die Wirtin, eine Frau Wöhler, hatte nur angegeben, dass ihr Gast am Samstagmittag ausgegangen sei. Er habe einen Bankautomaten aufsuchen wollen, um zu bezahlen. Aber dann sei er nicht wiedergekommen. Er habe sich unauffällig verhalten. Besuch hatte er auch nicht gehabt. Das wäre ihr nicht entgangen. Zurückgelassen habe er nur eine Tasche mit ein paar Textilien. Kein Notebook, kein Smartphone, keine Notizen, noch nicht einmal ein Buch. Er war mit dem Zug von Bonn nach Radolfzell gekommen. Aber wo war das Ticket für die Rückfahrt? Wollte er überhaupt zurückfahren? Konnte es sein, als er im Wasser trieb, dass all die Dinge, die man normalerweise bei sich trug, aus den Taschen des Jacketts und der Hose herausgefallen waren? Schlüssel, Papiere, Bankkarten, Handy oder Smartphone, Portemonnaie. Blank und leer waren die Taschen gewesen, so als habe sie jemand mit Absicht ausgeräumt. Damit man den Toten nicht identifizieren konnte.

Viele, sehr viele Fragen waren zu lösen und zunächst einmal musste er Achenbachs Wohnung aufsuchen und sich dort umsehen. Dann kamen die Routinearbeiten. Kontobewegungen erfragen, mit Hausbewohnern sprechen. Verheiratet war Achenbach nicht, aber vielleicht hatte er eine Freundin und Freunde, die Näheres wussten. Was machte er beruflich? Wieviel Geld verdiente er? Polizeilich war er noch nie aufgefallen, nicht vorbestraft. Das hatte eine erste Überprüfung ergeben. Achenbach hatte in einem Vorort Bonns gewohnt, in Endenich, in der Straße ‚Am Eichenkamp'.

Brandt faltete die Zeitung zusammen, trank den letzten Schluck aus der Kaffeetasse, wollte gerade aufstehen, um nach Endenich zu fahren, als das Telefon klingelte. Der Polizeipräsident war am Apparat. „Conny", sagte er, „bevor du in den letzten Monaten deines Dienstes mal wieder auf eigene Faust etwas unternimmst, komme doch bitte ein paar Minuten zu mir. Es geht nicht nur um den neuen Fall. Wir müssen auch über unser Turnier in reden."

3

Mit dem Polizeipräsidenten oder auch PP, wie er abgekürzt intern genannt wurde, war Brandt per ‚Du'. Zum förmlichen ‚Sie' gingen sie nur über bei dienstlichen Gesprächen unter mehr als vier Augen. Sie spielten zusammen Tennis, Doppel, und nahmen seit einigen Jahren an einem internationalen Seniorenturnier in Bad Breisig teil. Sie flogen zwar jedes Mal schon in der ersten Runde raus, hatten aber ihren Spaß an dem Spiel und besonderen Spaß an der ‚Blauen Runde', wo es für die Teilnehmer die besten Weine umsonst gab. Peter Kessenich, der Polizeipräsident, hatte dieses Jahr aber ein Problem, ein Handicap. Er war 61 Jahre alt, hatte vor drei Monaten eine neue Hüfte bekommen, seine Beweglichkeit war noch begrenzt. Und so empfing er Brandt in seinem Büro nicht wie sonst, indem er vom Schreibtisch aufstand. Er blieb sitzen, zeigte nur auf den Stuhl, der vor seinem Schreibtisch stand.

„Zunächst das Private, Conny", eröffnete er das Gespräch. „Ich habe mich entschlossen, trotz der Hüfte wieder Tennis zu spielen und möchte im August auch wieder mit dir beim Seniorenturnier antreten. Was hältst du davon?"

„Nicht viel", antwortete Brandt. „Wir blamieren uns. Du kannst dich nicht richtig bewegen. Wie soll das gehen?"

„Bis zum August ist noch Zeit. Tennis spielen ist die beste Reha. Mehr als wieder in der ersten Runde rauszufliegen kann uns nicht passieren. Wir müssen allerdings die Taktik ändern. Du darfst nicht mehr am Netz stehen. Wenn sie dich mit einem hohen Ball überspielen, komme ich hinten nicht mehr dran."

„Dein Optimismus in Ehren. Meinetwegen. An mir soll es nicht liegen. Melde uns an."

„Gut!"

Kessenich erhob sich umständlich, wobei er sich mit der rechten Hand am Schreibtisch abstützte. Er schlurfte langsam zur Kaffeemaschine, sah auf die Uhr, drehte sich um und bemerkte: „Es ist zwar erst halb elf und wir hatten den Grundsatz ‚nie vor elf!', aber irgendwo auf der Welt ist es immer elf Uhr. Möchtest du zum Kaffee auch einen Whisky? Ich habe einen schottischen Glenfiddich, fünfzehn Jahre alt, sehr mild, Honigaroma."

Brandt nickte. „Meinetwegen. Wenn du mit der Hüfte Tennis spielen willst, kann ich auch im Dienst einen Whisky trinken."

Kessenich warf die Kaffeemaschine an, kehrte zum Schreibtisch zurück, setzte sich, öffnete einen Unterschrank, kam mit zwei Gläsern zum Vorschein und einer Flasche Whisky. Er füllte die

Gläser großzügig, schob Brandt ein Glas zu. „Also, trinken wir auf das Turnier."

„Sollten wir auch auf dem Platz machen", bemerkte der Kommissar lakonisch. „Was gibt es denn noch außer dieser Nachricht?"

„Ja, zu dem neuen Fall. Erst die gute Nachricht. Die Presse weiß nichts davon. Achenbach ist ein unbekanntes, unbeschriebenes Blatt. Niemand scheint ihn hier zu vermissen. Es gibt also keine Pressekonferenzen. Damit fehlt dieser Druck. Auch unser Staatsanwalt lässt dich in Ruhe. "

„Und die schlechte Nachricht?"

„Ist eigentlich keine. Ich möchte dir nur noch einmal mit Nachdruck ans Herz legen, keine Alleingänge zu machen. Bitte keine Vorprüfung mehr, wenn du einen Verdacht hast, den du erst einmal für dich allein abklopfen willst. Es ist keine Schande, Kollegen von Anfang an ins Vertrauen zu ziehen. Auch wenn sich hinterher dieser Verdacht als falsch erweist. Bitte keinen unangebrachten Stolz. Wahrscheinlich wirst du zuerst Achenbachs Wohnung aufsuchen. Denke bitte daran, dass sich auch andere dafür interessieren könnten und nicht erfreut sind, wenn du ihnen in die Quere kommst. Geh nicht allein dorthin. Wahrscheinlich wirst du auch eine Dienstreise an den Bodensee unternehmen. Mit wem? Bitte nicht mit Katharina Luca. Ich brauche sie hier als Profilerin."

Brandt legte die Stirn in Falten, schwenkte den Rest Whisky im Glas.

„Warum nicht? Wozu brauchst du sie denn aktuell?"

„Aktuell nicht. Es könnte aber sein. Dir nützt sie als Fallanalytikerin gar nichts. Wir wissen nichts über den Toten und über den Täter oder die Täterin noch weniger. Auch ist noch nicht geklärt, ob es sich überhaupt um einen Mord handelt. Ich weiß zwar, dass ihr euch gut versteht. Aber eine gemeinsame Reise an den Bodensee mit einer attraktiven Kollegin ist nicht unkompliziert."

„Da ist nichts. Sie ist 38, ich 65. Sie könnte meine Tochter sein. Außerdem ist sie in festen Händen."

„War sie, mein Lieber. Sie ist vor zwei Wochen bei ihrem Freund ausgezogen, hat eine neue Adresse. Dir hat sie wohl noch nichts davon erzählt."

„Nein, wusste ich nicht. Aber bitte, wir arbeiten gut zusammen, gehen auch mal privat ein Bier trinken. Mehr ist nicht, mehr wird nicht. Mit ihr kann ich den Fall rascher lösen. Dann haben wir auch Zeit für ein paar Trainingseinheiten, die du unbedingt vor dem Turnier brauchst."

„Erpressung?" Kessenich nahm einen weiteren Schluck, blickte in das jetzt leere Glas, dann auf die Flasche, überlegte anscheinend, ob er sich noch etwas nachfüllen sollte, ließ es aber.

„Meinetwegen", sagte er schließlich. „Aber ich habe keine Lust auf interne Affären. Du erinnerst dich ja sicher noch an deine Geschichte mit der Praktikantin."

„Schnee von gestern", wandte Brandt achselzuckend ein. „Zwanzig Jahre her. Sie wollte es so. Ich habe mich nur nicht dagegen gewehrt."

„Dann wehre dich bitte diesmal."

„Nicht notwendig. Katharina ist emanzipierte Frau, die sich nicht auf einen Mann einlässt, der in drei Monaten auf dem Rentnerbänkchen sitzt, sich langweilt und nach einer Pflegeschwester Ausschau hält."

„Du übertreibst. Du bist immer noch der ewige Junggeselle, der auch noch mit achtzig den Röcken hinterherschaut. Du weißt ja, das Auge bleibt jung. Hättest du jetzt wenigstens eine Freundin, wäre mir wohler. Aber bitte. Die letzten drei Monate mit dir überstehe ich auch noch."

4

Viel lieber als mit dem hüftsteifen Präsidenten wäre Brandt mit seiner Kollegin bei dem Turnier angetreten. Aber Katharina Luca war erst 38. Für das Turnier musste man mindestens vierzig sein.

Die Kommissarin war vor zwei Jahren vom LKA Düsseldorf nach Bonn gekommen. Umzug und Versetzung der Liebe wegen. Eine schlanke, hochgewachsene, sportliche Frau, mit hellblondem Haar, das in wellenförmigen Kaskaden bis auf die Schultern fiel. Die Augen waren rehbraun. Beim Lächeln zeigten sich zwei lustige Grübchen auf den Wangen.

Ihre Eltern waren vor über vierzig Jahren aus Italien gekommen, hatten im Ruhrgebiet Arbeit gesucht, waren geblieben. Katharina war Deutsche, verleugnete aber ihre italienische Herkunft nicht. Sie sprach Deutsch und Italienisch. Es konnte passieren, dass sie auf Italienisch fluchte. Passte ihr zum Beispiel ein Ort nicht oder sie fühlte sich unbehaglich, kam „A casa del diavolo!", was bedeuten konnte: Ich bin hier am Arsch der Welt oder in der Hütte des Teufels.

Vom Aussehen her erinnerte sie den Kommissar sehr an die junge Kate Winslet, von deren Filmen er keinen ausgelassen hatte. Den ‚Vorleser' hatte er sich sogar dreimal angeschaut. Nicht aus literarischem Interesse, sondern nur wegen der sympathischen Britin, die ihn wegen ihrer Natürlichkeit ansprach. Seit seiner Affäre mit der Praktikantin achtete der Kommissar streng auf die Trennung von Beruflichem und Privatem, wagte es nicht, sich irgendwelchen Träumen hinzugeben. Katharina selbst schien ihn mehr als väterliche Figur zu schätzen. Auf jeden Fall war die Zusammenarbeit angenehm und vor allem auch erfolgreich. Eine Reise mit ihr an den Bodensee? Na und? Was sollte schon passieren, außer dass man sich weiterhin kollegial schätzte? Zudem war es mit der Dienstreise noch lange nicht so weit. Zunächst war im Umfeld des Toten zu recherchieren. Vielleicht fand sich in seiner Wohnung ein Hinweis, dass er tatsächlich durch Suizid gefährdet war. Vielleicht war er in psychiatrischer Behandlung gewesen und die Schweizer hatten Recht mit ihrer Vermutung.

Acht Tage war es jetzt her, dass Achenbach den Rheinfall hinunter gesaust war. Die Spurensicherung mit in die Wohnung zu nehmen, schien überflüssig. Die Wohnung war nicht der Tat- oder Unglücksort. Außer seiner Kollegin würde jemand vom technischen Dienst mitkommen, um Zugang zur Wohnung zu bekommen. Vielleicht wohnte auch jemand im Haus, der den Schlüssel hatte. Brandt hatte sich vorab informiert. Drei Parteien wohnten dort. Im Grundbuch war Achenbach als Eigentümer eingetragen. Katharina und er würden sich erst einmal umsehen. Der Tote musste ein Profil bekommen. Eines aber hatte Brandt schon herausgefunden. Bei Google hatte er den Namen in der Suchleiste eingegeben und war auf die Website

‚Literarische Agentur Achenbach' gestoßen. Die Adresse im Impressum stimmte mit der Angabe des Einwohnermeldeamtes überein. Der Tote hatte nun für ihn auch ein Gesicht bekommen. Man sah auf der Startseite ein Foto. Mit Anzug und Krawatte stand Achenbach vor einem Bücherregal, wirkte kompetent, ernst und seriös. Wie jemand, der Manuskripte an wichtige Verlage vermitteln kann. Ein Honorar im Voraus wurde nicht verlangt. Nur im Fall einer erfolgreichen Vermittlung. Hier unterschied sich Achenbach von anderen Agenturen, die für die nur versuchte Vermittlung eines Manuskripts eine kräftige Gebühr vorab verlangten. „Erfolg spricht für sich!" Mit diesem Spruch warb er und kassierte dann 20% des Autorenhonorars.

„Ist in Ordnung so", meinte Katharina Luca, als sie zusammen mit Brandt die Website studierte. „Was mir aber auffällt: Hat er Mitarbeiter? Lektoren, Lektorinnen. Oder macht er alles allein? Davon steht hier nichts. Es gibt keine Seite ‚Unser Team'. Wir haben es offensichtlich mit einem Alleingänger zu tun. Er wirbt auch nicht mit Autoren und Autorinnen, die er bereits erfolgreich vermittelt hat. Ungewöhnlich. Dass er sich Zeit lässt für eine Überprüfung, ist hingegen wieder normal. Er muss auch nicht auf unverlangt eingesandte Manuskripte antworten. Hier steht es ja: ‚Hören Sie innerhalb von sechs Monaten nichts von uns, dann gehen Sie bitte davon aus, dass wir kein Interesse haben.' Das ist die übliche Floskel von Verlagen und solchen Agenturen."

„Woher weißt du das?" wollte Brandt wissen.

Katharina hob die Schulter, lächelte. „Na ja, hab's mal in ganz jungen Jahren mit einem

Gedichtband versucht. Verlief alles im Sand. Stereotype Absagen oder auch keine Antwort."

„Eine Kommissarin, die Gedichte schreibt?"

„Schrieb. Eine romantische Jugendsünde."

„Was hältst du von dem Foto? Wie wirkt Achenbach auf dich?"

„Seriös. Mit Anzug und Krawatte. Aber das heißt nichts. Das ist ein Foto, wie man es für so ein Geschäft braucht. Er kann auch noch ganz andere Seiten haben. Attraktiv ist er. Kann mir vorstellen, dass er bei den Damen Eindruck macht. Groß, schlank, wirkt sportlich. Die schwarzen Haare glatt und wohlfrisiert nach hinten gekämmt. Die Brille ist ihm etwas auf die Nase gerutscht. Das gibt einen belesenen, intellektuellen Anstrich. Man traut ihm zu, dass er Manuskripte beurteilen und vermitteln kann. Aber wir werden sehen. Wenn wir seine Wohnung durchsucht haben, wissen wir hoffentlich mehr. Mit welchem Wagen fahren wir?"

„Mit meinem", antwortete Brandt. „Der ist mir für kurze Fahrten lieber als das Dienstauto."

„Meinetwegen", meinte Katharina. „Fahren wir antik." Mit einem leicht spöttischen Lächeln fügte sie hinzu: „Man könnte auch sagen ‚Die Post kommt'."

5

Den Kollegen vom technischen Dienst konnten sie rasch entlassen. Achenbachs Agentur lag Parterre. Auf einem Messingschild neben der Klingel stand ‚Literarische Agentur Achenbach'. Über ihm im ersten Stock des Hauses wohnte ein

Rentner, der ihnen öffnete und auch den Schlüssel zur Wohnung hatte.

„Ich kümmere mich um den Garten", sagte er. „Wenn Herr Achenbach verreist ist, gehe ich einmal jeden Tag in die Wohnung, um die Pflanzen zu gießen und seine Fische zu füttern. Ich lege ihm auch die Post auf den Schreibtisch. Ich bin hier so eine Art Hausmeister. Dafür hat mir Herr Achenbach die Hälfte der Miete erlassen."

Brandt hatte ihm den richterlichen Durchsuchungsbeschluss gezeigt und verwundert gefragt: „Herr Wagner, Sie wissen gar nicht, was passiert ist?"

„Nein. Warum wollen Sie denn in seine Wohnung?"

„Herr Achenbach wurde tot aufgefunden. Wir wissen noch nicht, ob es ein Unglücksfall war oder ob etwas anderes dahintersteckt. Hat er Ihnen gesagt, wie lange er wegbleiben und wohin er fahren wollte?"

„Wie lange? Er hat von ein paar Tagen gesprochen. Vielleicht würden es aber auch zwei Wochen. Wohin weiß ich nicht genau. Er hat nur gesagt ‚an den Bodensee'."

„Hat er Ihnen den Grund seiner Reise genannt?"

„Nein. Das hat er nicht."

„Wie lange wohnen Sie schon hier?"

„Seit sieben Jahren."

„Da hatte er schon die Agentur?"

„Nein. Das Schild hat er erst vor zwei Jahren angebracht. Davor hat er als Studienrat an einem Bonner Gymnasium gearbeitet. Aber dann ist er vorzeitig pensioniert worden. Warum, weiß ich nicht. Ich nehme an, aus gesundheitlichen Gründen. Er hat darüber nicht gesprochen."

„Aus gesundheitlichen Gründen? Warum nehmen Sie das an?"

„Weil er zu dieser Zeit mit einer Krücke herumlief."

„Er hatte auch psychische Probleme?"

„Damals? Das weiß ich nicht. Unser Kontakt beschränkte sich auf ein paar Gespräche über die Gartenarbeit. Eine Tasse Kaffee haben wir nie zusammen getrunken."

„Sie sagten ‚damals'. Sie meinen, als er vorzeitig pensioniert wurde?"

„Ja. Vor zwei Jahren."

„Und jetzt?"

„Nein. Mir ist nichts aufgefallen. Die Krücke braucht er nicht mehr. Er hatte über die Bandscheibe geklagt."

„Hatte Herr Achenbach oft Besuch? Eine Freundin zum Beispiel."

„Na ja, weiß nicht so genau." Wagner sah den Kommissar verlegen an. Die Frage schien ihm unangenehm zu sein.

„Herr Wagner, Sie können uns ruhig alles erzählen. Herr Achenbach erfährt nichts davon."

„Nun ja, da kamen immer zwei Frauen. Die eine mittwochs, die andere am Samstag."

Der Rentner runzelte die Stirn, strich sich mit der Hand über das Kinn, schwieg, als hätte er jetzt genug gesagt.

„Herr Wagner, noch einmal", ermunterte ihn der Kommissar. „Sie können alles, was Sie wissen, was Sie bemerkt haben, ohne Rücksicht erzählen. Ihnen entstehen keine Probleme daraus. Sie werden doch hier im Haus einiges mitbekommen haben. Es wird Sie doch interessiert haben. Sie haben Zeit, können viel beobachten. Was war mit den zwei Frauen?

18

Wie alt etwa? Wie sahen sie aus? Wie lange sind sie geblieben? Eine Stunde, zwei, über Nacht vielleicht? Wie sind Sie gekommen? Zu Fuß, mit dem Fahrrad, mit einem Auto? Mit welchem? Lassen Sie mich doch nicht umständlich nach jeder Einzelheit fragen!"

Der Kommissar holte tief Luft, sah den Rentner an, als müsse er einem hoffnungslosen Fall das Einmaleins beibringen. „Also bitte!"

„Ja", räumte Wagner ein, „man interessiert sich schon für seinen Nachbarn. Aber es ist nicht so, dass ich dauernd am Fenster stehe oder auf dem Balkon. Mittwochs, immer am Nachmittag, kam eine Dame mit einem roten Porsche. Das Autokennzeichen habe ich mir nicht gemerkt, weiß nur, dass die ersten beiden Buchstaben AW waren. Sie blieb etwa zwei oder drei Stunden. Dann ist sie wieder gefahren. Sie dürfte so zwischen fünfzig und sechzig sein. Genau kann ich das nicht schätzen. Eine sehr elegante Dame, immer gut gekleidet, groß, schlank, lange rote Haare bis auf die Schulter. Ich habe auch gehört, wenn Herr Achenbach ihr die Tür öffnete und sie begrüßte. Er sagte dann immer: ‚Hallo, Martina!' Aber mehr weiß ich nicht."

„Immerhin", bemerkte Brandt. „Das ist doch schon was. Und die andere, die am Samstag kam?"

„Blieb länger. Manchmal ist sie über Nacht geblieben, erst am nächsten Tag wieder gefahren. Sie kam mit einem weißen Opel Corsa. Kennzeichen weiß ich nicht. Nur dass die ersten Buchstaben BN waren. Ich gucke manchmal bei den Autos, wo sie herkommen. Die Dame wirkte etwas jünger. Vierzig vielleicht, nicht so elegant gekleidet, einfach normal, wie man eben so rumläuft. Sie ist etwas kleiner als die Porschefrau, eher zierlich, hat kurze blonde Haare. Wenn Herr Achenbach ihr die Tür geöffnet hat, sagte er immer: ‚Komm rein, Franziska!' Es wirkte nicht so erfreut wie bei der anderen. So Unterschiede merkt man schon."

Wagner trat nun von einem Bein auf das andere, als bereue er, so viel verraten zu haben. Er sah den Kommissar etwas ängstlich und eingeschüchtert an, als wolle er sagen: „Hören Sie jetzt bitte auf, mich zu fragen."

„Alles gut, Herr Wagner", übernahm nun Katharina Luca die Befragung. „Sie haben uns sehr geholfen. Haben Sie die Damen oder auch nur eine von ihnen seit Achenbachs Abreise hier gesehen? Wollten sie ihn besuchen?"

„Nein. Sie wussten wohl Bescheid, dass er verreist ist."

„Haben Sie bei den letzten Besuchen einen Streit bemerkt? So etwas kann man ja vielleicht hören."

„Streit? Weiß ich nicht. Am Mittwoch vor seiner Abreise wurde es etwas laut. Da ist die Dame mit dem Porsche auch nur eine halbe Stunde geblieben."

„Worum ging es? Haben Sie etwas gehört?"

„Nein. So laut war es nicht. Das bekommt man hier oben nicht mit. Ich stelle mich ja nicht vor die Tür und lausche. Was denken Sie von mir!"

„Lassen wir es vorerst gut sein, Konrad!" sagte die Kommissarin. Und zu Wagner gewandt meinte sie: „Fällt Ihnen noch irgendetwas ein, auch wenn es Ihnen nicht bedeutsam scheint, rufen Sie uns bitte an. Wenn wir weitere Fragen haben, melden wir uns."

Sie reichte dem Rentner eine Visitenkarte. „Sie können im Kommissariat anrufen oder auch privat. Jederzeit. Jetzt geben Sie uns bitte den Wohnungsschlüssel, damit wir uns umsehen können."

Wagner verschwand in seiner Wohnung, kam mit einem Schlüsselbund zurück und wollte vor ihnen die Treppe hinunter gehen.

„Nein, nein!" sagte Brandt. „Das machen wir allein. Sie bleiben hier oben. Aber eins noch: Wir hatten auch im Dachgeschoss geklingelt. Es hat niemand geantwortet. Wer ist Rottmann?"

„Ach", meinte Wagner etwas abfällig. „Das ist ein verbummelter Student. Philipp Rottmann. Heute ist er wohl ausnahmsweise in der Uni."

„Er hatte näheren Kontakt zu Achenbach?"

„Nein, überhaupt nicht. Im Gegenteil. Herr Achenbach hat ihm vor ein paar Wochen mit dem Rausschmiss gedroht. Da hatte der junge Herr mal wieder eine Party gefeiert. Und wenn Sie mich fragen, roch es im Haus sogar nach Hasch. Die haben bis um zwei Uhr nachts rumgemacht. Laute Musik, getanzt haben sie. Meine Zimmerdecke hat gebebt. Wer weiß, was sie sonst noch getrieben haben? Da waren auch ein paar Mädchen dabei. Es hörte sich auf dem Boden nicht immer nach Tanzen an."

„Und abends ist der Herr Rottmann zu Hause?"

„Selten. Der kommt immer ziemlich spät. Hier in Endenich gibt es ja ein paar Studentenkneipen. Er hat mir mal erzählt, dass er am liebsten in einer irischen Kneipe ist. Die liegt gegenüber der ‚Springmaus'. Da macht er auch gerne Karaoke. Hier im Haus übt er manchmal tagsüber. Leider.

Das ist dem Herrn Achenbach auch schon auf die Nerven gegangen."

„Nun gut, Herr Wagner. Das war's vorerst. Um Herrn Rottmann kümmern wir uns später noch. Den Schlüssel bringen wir Ihnen nachher wieder vorbei. Was bedeutet das auf dem Klingelschild? Da steht a.d.H. Rottmann."

„Ach", meinte Wagner abfällig. „Das ist ein Irrer. Ein Reichsbürger. Die Abkürzung bedeutet ,aus dem Hause'. Der träumt von einem kaiserlich-preußischen Nationalstaat. Als er vor zwei Jahren eingezogen ist, wollte er auf dem Balkon die Reichsflagge hissen. Der Herr Achenbach hat es ihm verboten."

„Nun gut, Herr Wagner. Das war's vorerst. Um Herrn Rottmann kümmern wir uns später noch. Den Schlüssel bringen wir Ihnen nachher wieder vorbei."

6

„Edel", bemerkte Brandt, als sie durch den Flur ein weiträumiges Wohnzimmer betraten. Vor einem Kamin war eine großzügige Sitzecke aus schwarzem Leder platziert. Vitrinen und Möbel waren aus hellbraunem Mahagoniholz. Es waren Antiquitäten, die Achenbach entweder geerbt oder für die er viel Geld hingelegt hatte. Zugleich diente der Raum auch als Büro. Mit Blick auf Garten und Terrasse stand ein massiver Schreibtisch gegenüber der Sitzecke. Die Wand entlang zog sich ein Regal, das mit Büchern vollgestellt war. In einer Abteilung reihten sich Aktenordner. Blickfang aber war beim Betreten des Raums ein großes, beleuchtetes

Seewasser-Aquarium mit Korallen und Clownfischen.

„Kein Wunder", meinte der Kommissar, „wenn er jemanden braucht, der sich täglich darum kümmert. Das hat bestimmt tausend Liter. Allein lassen kann man so eine Anlage nicht."

Sie streiften sich Handschuhe über. Brandt ging zur Terrassentür, überprüfte sie. „Aufgebrochen wurde sie nicht," stellte er fest. Er warf einen Blick auf den Schreibtisch: „Schön, dass wir dort alles vorfinden. Die Post, die Wagner abgelegt hat, und da steht auch der Computer. Ist er mit einem Passwort gesichert, kümmert sich die KTU darum. Wenn nicht, haben wir direkten Zugriff."

Katharina Luca betrachtete inzwischen ein paar Bilder an der Wand. „Chagall", sagte sie. „Wenn die echt wären, müssten sie alarmgesichert sein oder er könnte sie hier nicht zur Schau stellen. Aber es sind gerahmte Kopien hinter Glas. Auf jeden Fall scheint Achenbach die romantische Variante der Kunst zu lieben."

Sie blieb vor einem kleineren Rahmen stehen, der DIN-A4-Format hatte. Hinter dem Glas steckte eine Urkunde. „Konrad, komm doch bitte mal!"

Brandt ging zu ihr und las laut: „Ehrenurkunde Cologne Olympic 30. August 2017; 1. Altersklassenplatz für Arnold Achenbach; 1.5 km Schwimmen, 40 km Radfahren, 10 km Langstreckenlauf. Gesamtklassenplatz 3."

„Und der soll ertrunken sein?" Der Kommissar schüttelte den Kopf. „Nach einem Selbstmörder sieht das nicht aus. Die Schweizer haben es sich zu einfach gemacht. Verunglückt ist der bestimmt auch nicht, fällt doch nicht wie ein Tölpel eine Böschung hinunter in den Rhein."

Er überlegte einen Moment, ließ den Blick noch einmal durch den Raum schweifen. „Ich denke, die Spurensicherung sollte kommen. Vielleicht ist der Streit mit dieser Marita eskaliert und sie finden etwas. Es könnte auch sein, dass Rottmann sich hier umgesehen hat. Computer, die ganzen Akten und die Post lassen wir ins Kommissariat bringen."

Katharina Luca ging zum Schreibtisch, zog auf der rechten Seite Schubladen auf, sah hinein.

„Abgeschlossen hat er sie nicht", bemerkte sie. „Er machte sich wohl keine Sorgen. Und wie aufgeräumt der Schreibtisch ist! Als sei er nur zur Dekoration. Nach viel Arbeit sieht das jedenfalls nicht aus. Oder er muss ein sehr ordnungsliebender Mensch gewesen sein, der sofort alles wieder wegräumt. Aber er hat ein Adressbuch dort liegen. Immerhin. Sieh mal!"

Sie hielt ihrem Kollegen ein in schwarzes Leder gebundenes Buch mit Register entgegen.

Sie begann zu blättern. „Schön!" sagte sie nach einer Weile. „Hier haben wir ja diese Marita. Mit Adresse und Telefonnummer. Es sind zwei Adressen notiert. Eine in Dernau und eine in Ahrweiler."

Sie blätterte weiter. „Und hier ist auch Franziska. Franziska Kampe, wohnt nebenan in Poppelsdorf. Da können wir die Beiden ja bald besuchen. Ob sie voneinander wissen? Vielleicht gehört Achenbach zu der Sorte Mann, der immer zwei Pferdchen am Laufen hat."

„Muss nicht sein", hielt Brandt dagegen. „Marita Brückner könnte ihm bei der Arbeit geholfen haben. Als Sekretärin oder Lektorin."

„In eleganter Kleidung und im Porsche? Glaubst du das?"

24

„Werden wir bald wissen. Was fällt dir übrigens noch an Achenbachs Wohnung auf? Das ist unüblich für sein Unternehmen."

Katharina Luca warf einen Blick auf den Schreibtisch, wanderte dann durch den Raum, ging in den Flur, begab sich ins Schlafzimmer, kam zurück.

„Stimmt", sagte sie. „Er hat kein Festnetz, begnügt sich wahrscheinlich mit einem Smartphone. Aber das ist heutzutage nicht mehr ungewöhnlich."

7

„Die meisten Taten sind Beziehungstaten", überlegte Brandt auf der Rückfahrt zum Präsidium.

„Am Mittwoch hat es einen Streit gegeben zwischen Marita Brückner und Achenbach. Am Freitag fährt er allein nach Radolfzell. Am Samstag landet er laut Obduktionsbefund im Rhein. Drei Tage später wird er aus dem Wasser gefischt. Es könnte ja sein, dass sie ihm nachgefahren ist, ihn getroffen hat. Aber warum in der Schweiz, in Schaffhausen? Da denkt man ja direkt an irgendwelche Bankgeschäfte, an Schwarzgeld. Obgleich, sicher ist die Schweiz in dieser Hinsicht schon lange nicht mehr. Wir müssen ihr Alibi überprüfen. Irgendwie kommt mir der Name Brückner in Verbindung mit Ahrweiler bekannt vor. Ich war schon einige Male in Ahrweiler, erinnere mich aber nicht mehr."

Die Kommissarin nahm ihr Smartphone, strich über das Display, tippte.

„Hier, ich hab's", sagte sie nach zwei Minuten. „Marita Brückner ist die Geschäftsführerin des Autohauses Brückner. Da hast du den Namen gelesen. Unter dem Button ‚Unser Team' finden wir auch Fotos von ihr und von ihrem Mann. Ist ein ziemlich großes Unternehmen mit edlen Marken wie Porsche, Mercedes, BMW. So etwas wie du es fährst, haben die nicht", spottete sie. „R4 mit Knüppelschaltung. Und dann auch noch gelb wie die Post."

„Na und!? Der ist gut in Schuss. Kommt übrigens aus Spanien. Da hatte er die Erstzulassung."

„Hast du mir noch gar nicht erzählt. Darf ich Näheres erfahren?"

„Nein!"

„Dann kann ich mir also etwas denken."

„Meinetwegen!" antwortete Brandt lakonisch, meinte aber nach einer Weile: „Nein, lieber nicht. Weiß ja nicht, was dir dann im Kopf herumspukt. Also, ich war mal ein halbes Jahr in Andalusien, in der Nähe von Sevilla, genauer gesagt in einem Dorf der Extremadura. Ich wollte aus dem Polizeidienst aussteigen. Da steckt natürlich eine Frau dahinter. Was auch sonst. Sie hatte eine Farm mit freilaufenden schwarzen Ibero-Schweinen und auch eine Weide mit Kühen. Die Beziehung ist in die Brüche gegangen. Das Auto aber war mir lieb geworden."

„Sie war dir zu temperamentvoll?"

„Ach was! Ich bin kein Farmer. Das konnte nicht gutgehen."

„Ihr wart verheiratet?"

„Nein. In dieser Hinsicht bin ich beziehungsunfähig. Was soll ich mir jetzt noch den

Kopf darüber zerbrechen!? Denken wir lieber darüber nach, was Marita Brückner mit Achenbach zu tun hatte."

Sie hatten die B9 erreicht, fuhren rheinaufwärts, um, wie die Kommissarin zunächst dachte, in Höhe des Maritim-Hotels auf die 562 zu biegen und den Rhein auf der Konrad-Adenauer-Brücke zu überqueren. Dann wäre es nur noch eine kurze Strecke zum Polizeipräsidium, das in der Nachbarschaft des Zollamtes und des Zentrums für Luft- und Raumfahrt lag. Aber Brandt blieb auf der B9, fuhr am Maritim vorbei.

„Wo willst du hin?" fragte die Kommissarin. „Ich dachte, wir nehmen uns zunächst einmal die Aktenordner von Achenbach vor."

„Das kann noch etwas warten", antwortete Brandt. „Wir machen jetzt einen Ausflug an die Ahr. Ich bin gespannt, was uns Marita Brückner erzählen wird."

8

„Schöner Ort, Ahrweiler!" bemerkte Brandt, als sie die Stadtmauer entlangfuhren. „Weinprobe wäre mir allerdings lieber, als in einem Mord zu ermitteln."

„Wissen wir ja noch nicht, ob es wirklich einer war", meinte seine Kollegin. „Aber merkwürdig ist das schon, dass einer, der beim Kölner Triathlon Erster wird, im Rhein ertrinkt. Im Anzug. Und nichts hat er in den Taschen gehabt. Die Schweizer haben es sich sehr einfach gemacht."

Sie überquerten die Ahr, kamen zur Ramersbacher Straße, sahen schon von Weitem die

Glasfassade des Autohauses. Brandt fuhr auf den Parkplatz, hielt unmittelbar vor dem Ausstellungsraum, in dem edle Automarken auf Käufer warteten. Kaum waren die Beiden ausgestiegen, kam aus der nebenan liegenden Werkstatt ein älterer, schon graumelierter Mechaniker in blauem Overall auf sie zu, grinste und sagte: „Ah, Sie kommen wegen unserer Anzeige?"

„Welche Anzeige?" fragte Brandt zurück.

„Wir suchen ein Reklameauto. Das soll dort oben auf das Podest." Der Mann zeigte auf eine Bühne neben der Einfahrt zum Autohaus. „Für Werbezwecke. Allerdings haben wir eher an einen alten Mercedes gedacht. Ihr Schätzchen ist aber noch gut in Schuss. Falsche Marke leider."

„Der gehört nicht auf Ihre Werbebühne", knurrte der Kommissar. „Wir suchen Frau Brückner."

„Die Frau Brückner? So, so. Sie haben einen Termin?"

„Wir brauchen keinen Termin. Kriminalpolizei." Brandt zog seinen Dienstausweis, hielt ihn dem Mechaniker vor die Nase. „Wo finden wir sie?"

Der Mann, der etwa sechzig Jahre oder noch mehr sein mochte und anscheinend der Werkstattleiter war, wirkte jetzt weniger forsch und amüsiert, fragte: „Um was geht es denn?"

„Das werden wir Frau Brückner selbst sagen. Sie führen uns jetzt bitte zu ihr."

Der Mechaniker zögerte, wirkte unwillig, ging dann aber vor ihnen her, öffnete die Tür zu einem Empfangsraum mit Rezeption, schritt weiter zu einem Büro, klopfte, drückte, ohne eine Einladung abzuwarten, die Klinke. „Marita, hier will jemand mit dir sprechen", sagte er.

„Wer?"

„Die sind von der Polizei."

„Bin ich mal wieder zu schnell gefahren? Das können sie mir doch schreiben."

Marita Brückner kam hinter ihrem Schreibtisch hervor, ging zur offenstehenden Tür, blickte fragend auf Brandt und seine Kollegin, schien erstaunt, keine Uniform zu sehen.

„Polizei?"

Der Kommissar zückte wieder seinen Dienstausweis. „Kripo Bonn, Brandt. Meine Kollegin, Frau Luca. Wir haben ein paar Fragen an Sie. Am besten unterhalten wir uns nur mit Ihnen."

„Schon gut, Matthias", sagte Marita Brückner zu dem Mechaniker, der im Türrahmen stehen geblieben war und keine Anstalten machte, sich zu entfernen, so als müsse er seiner Chefin beistehen. Brandt sah, wie er die Stirn in Falten legte. Der Besuch passte ihm anscheinend nicht. Aber dann ging er. Der Kommissar schloss hinter ihm die Tür, vermutete aber, dass er vor dem Büro stehen geblieben war, um zu lauschen. Er öffnete die Tür noch einmal, sah hinaus. Der Mann in dem Overall stand an der Rezeption, unterhielt sich mit einer jungen Frau, die dort die Anmeldungen entgegennahm. Von der Entfernung aus würde er nichts hören können.

Marita Brückner war wie Wagner sie beschrieben hatte. Schlank, groß, wirkte sportlich. Zweifellos eine attraktive Frau, die Brandt auf nicht älter als fünfzig schätzte. Sie trug einen schwarzen Hosenanzug zu einer weißen Bluse. Das kupferrote

Haar war aber nicht schulterlang, wie der Rentner angegeben hatte, sondern kurz geschnitten.

„Wenn es länger dauert, nehmen Sie doch bitte Platz!" Die Geschäftsführerin zeigte auf eine Sitzecke. "Um was geht es denn? Darf ich Ihnen etwas anbieten? Einen Kaffee?"

„Nein, danke!" sagte Katharina Luca. „Wir haben nur ein paar Fragen. Sie kennen Arnold Achenbach?"

„Ja", kam es mit einem leichten Zögern. „Warum?"

„Die Fragen würden gerne wir stellen. Wann haben Sie Herrn Achenbach zum letzten Mal gesehen?"

Marita Brückner überlegte. „Na ja, so etwa vor zwei Wochen. Da war ich bei ihm."

„Sie sind seine Freundin?"

„Kann man so nicht sagen", antwortete sie zögernd. „Wir haben eine eher lockere Beziehung, sehen uns ab und zu. Was ist denn mit Herrn Achenbach?"

Statt auf die Frage zu antworten, schaltete sich Brandt ein. „Sie wussten, dass er an den Bodensee fährt?"

„Ja. Davon hat er erzählt."

„Er hat auch gesagt, warum?"

„Nein. Darüber hat er nicht gesprochen. Er wollte aber, dass ich mitkomme. Was nicht geht. Ich habe hier zu tun."

„Hat er sich telefonisch vom Bodensee bei Ihnen gemeldet?"

„Nein. Er war verstimmt, weil ich nicht mitkommen wollte."

„Sie haben sich bei Ihrem letzten Besuch gestritten?"

„Gestritten? Kann man so nicht sagen. Er war enttäuscht."

„Warum?"

„Sagte ich ja. Er wollte, dass ich mitkomme. Jetzt sagen Sie mir aber bitte, um was es überhaupt geht! Was ist mit Herrn Achenbach?"

Marita Brückner wirkte verärgert. Vielleicht war es auch eine aufsteigende Nervosität. Alle Drei waren im Raum stehen geblieben. Die Geschäftsführerin des Autohauses fuhr sich mit der Hand durch die Haare, zupfte am Kragen ihres Jacketts, sah Brandt, so schien ihm, eine Spur zu erwartungsvoll an. Wenn sie es nicht weiß, dachte der Kommissar, ist sie zumindest eine gute Schauspielerin.

„Die Schweizer Polizei", sagte er, „hat Herrn Achenbach tot aufgefunden. Die Umstände, unter denen er ums Leben gekommen ist, sind noch unklar. Deswegen sind wir hier."

„Sie meinen doch nicht, ich hätte damit zu tun?"

„Wir müssen jeder Spur nachgehen. Reine Routine."

„Frau Brückner", fragte die Kommissarin, „wo waren Sie an dem Wochenende, an dem Herr Achenbach verreist ist, also am 19. und 20. Mai?"

„Bestimmt nicht in der Schweiz. Samstag- und Sonntagabend war ich mit meinem Mann bei einem Jazzkonzert in der Bonner Rheinaue."

„Er kann das bestätigen?"

„Sie wollen ihn doch wohl nicht danach fragen?"

„Doch, müssen wir."

Marita Brückner ging hinter ihren Schreibtisch, setzte sich auf den Bürostuhl, stieß sich mit den Füßen ab, rollte einen Meter zurück, sah die Kommissarin vorwurfsvoll an.

„Muss das wirklich sein?"

„Muss sein. Sie hatten ein Verhältnis mit Herrn Achenbach, von dem Ihr Mann nichts weiß?"

„Es wäre mir lieb, wenn er es nicht erfährt."

„Sie sind die Geschäftsführerin, nicht wahr? Wem gehört die Firma?"

„Meinem Mann."

„Wollte Herr Achenbach mehr als ein Verhältnis nebenbei? Gab es darüber Auseinandersetzungen?"

Marita Brückner zögerte einen Augenblick mit der Antwort, sagte dann: „Nein. Er war zufrieden, so wie es war. Wir haben uns einmal in der Woche getroffen."

„Seit wann kennen Sie sich?"

„Seit einem Jahr. Wir sind uns beim Kölner Triathlon begegnet. Es war nichts anderes als eine Affäre. Wenn Sie glauben, ich hätte etwas mit seinem Tod zu tun, irren Sie sich. Ich möchte jetzt auch, dass Sie mein Büro verlassen. Das Verhör ist für mich beendet."

„Es ist kein Verhör", antwortete die Kommissarin ruhig. „Wir stellen nur ein paar Fragen, die uns weiterhelfen sollen. An einer Aufklärung wird Ihnen doch auch gelegen sein. Oder nicht?"

„Aber nicht so. Indem Sie mich verdächtigen. Noch einmal: Ich habe nichts damit zu tun."

„Nun gut. Dann wird Ihr Mann Ihr Alibi ja bestätigen können. Eins noch zum Schluss: Wussten Sie, dass Herr Achenbach ein weiteres Verhältnis hatte? Kennen Sie diese Frau?"

„Nein. Ich habe keine Ahnung davon. Es ist mir auch egal. Von mir aus kann er zehn Frauen haben. Bitte gehen Sie jetzt!"

„Wie Sie meinen", sagte Brandt. „Aber wir kommen wieder. Jetzt verraten Sie uns nur noch, wo wir Ihren Mann treffen können."

„Gerne! Kein Problem, wenn Sie das wissen wollen. Wir wohnen in Dernau, Steinbergsmühle." Sie nannte die Nummer des Hauses und fügte spöttisch hinzu: „Grüßen Sie meinen Mann!"

„Machen Sie das lieber selbst", erwiderte Brandt. „Sollten Sie in der Zwischenzeit mit ihm telefonieren und sich absprechen, wir kriegen das raus."

9

„Was hältst du von ihr?" fragte Brandt, als sie draußen auf dem Parkplatz waren.

„Weiß nicht", antwortete die Kommissarin. „Sie war seltsam gefasst, so als sei Achenbach irgendein Fremder. Nicht die Spur von Trauer. Hat sie ein Motiv? Vielleicht. Achenbach drängt auf eine engere Verbindung. Sie will nicht, weil sie dann ihre Stellung verliert. Sie führt offiziell die Geschäfte, ist aber nicht die Eigentümerin. Im Fall einer Scheidung könnte sie leer ausgehen. Wir wissen ja noch nicht, wie ihr Mann das notariell geregelt hat."

Als sie gerade in den Wagen steigen wollten, kam der Mechaniker auf sie zu. „Nichts für ungut, Herr Kommissar", sagte er. „Ich wollte Sie wegen Ihrem Wagen nicht beleidigen. Es ist ein schönes Exemplar. Man sieht, dass Sie ein Liebhaber alter Modelle sind. Was ist das denn für ein Baujahr?"

„1987. Hat aber schon den zweiten Motor und das zweite Getriebe."

Der Mechaniker schien mit der Auskunft nicht zufrieden zu sein. Irgendetwas lag ihm noch auf der Zunge. Er strich sich über das graue, nach hinten gekämmte Haar, kniff die Augen ein wenig zusammen, kaute auf der Unterlippe.

„Sagen Sie", rückte er schließlich heraus, „was wollten Sie von meiner Frau? Ich frage Sie lieber jetzt, bevor Sie mir wieder Märchen erzählt."

„Ihre Frau?" fragte Brandt überrascht zurück. „Marita Brückner ist Ihre Frau? Und Sie arbeiten in der Werkstatt?"

„Na und? Ich hasse Büroarbeiten, schraube lieber an Autos herum. Sie erledigt das Geschäftliche. Das kann sie besser."

„Wir hatten nur ein paar Fragen", schaltete sich Katharina Luca ein. „Kennen Sie einen Herrn Achenbach? Arnold Achenbach."

„Nein. Was ist mit dem?"

„Wir ermitteln wegen ihm."

„Er hat hier ein Auto gekauft?"

„Nein. Es geht um etwas anderes. Sagen Sie, wo waren Sie an dem Wochenende vom 19. und 20. Mai?"

„Sie stellen aber Fragen! Brückner strich sich mit der Hand über das Kinn, dachte nach. „Na ja, jetzt am Wochenende waren wir zu Hause. Und davor, ja, da war das Jazzkonzert in der Bonner Rheinaue. Das haben wir besucht. Am Sonntag waren wir zu Hause."

„Ihre Frau und Sie?"

„Ja."

„Und der Freitag vor diesem Wochenende?"

„Waren wir hier. Wo sonst? Warum?"

„Fragen Sie Ihre Frau. Sie wird es Ihnen erzählen."

Die Kommissare stiegen in den Wagen, nickten Brückner zum Abschied zu, fuhren los.

„Da will sie uns erst nach Dernau schicken und weiß genau, dass ihr Mann nebenan ist", meinte Brandt. „Sie wollte sich mit ihm absprechen."

„Glaube ich nicht. Sie wollte mit ihm reden, bevor wir das tun. Kann sie ja jetzt."

„Du bist sehr rücksichtsvoll."

„Warten wir ab, was sie ihm erzählt. Wir werden ja wahrscheinlich wiederkommen. Ob Brückner wirklich nichts von Achenbach wusste, wird sich zeigen."

„Na gut." Brandt sah auf die Uhr. „Zwölf", sagte er. „Ich lade dich ein nach Marienthal. Ist nur ein paar Kilometer von hier. War ein Kloster, jetzt gibt es da in einem Restaurant einen ausgezeichneten Elsässer Flammkuchen. Magst du das? Danach besuchen wir Franziska Kampe."

„Einverstanden."

10

Katharina Luca bestellte sich zum Flammkuchen einen ‚Grauen Burgunder' und bemerkte dazu: „Du fährst. Ich könnte zurzeit eine ganze Flasche trinken."

„Kummer?"

„Bin umgezogen. Horst hat eine andere."

„Das wird er bereuen. Wie kann er nur!?"

„Er liebt die Abwechslung."

„Dann vergiss es. Es kommen wieder bessere Tage. Na ja", fügte Brandt hinzu, „sagt sich so leicht…"

„Du hast damit wohl kein Problem."

„Die unruhigen Jahre sind vorbei. Frauen schätze ich nur noch als angenehme Gesellschaft."

„Wie meinst du das?"

„Nun ja, man redet miteinander, lädt sich auch zum Essen ein. Sonst nichts. Die Hormone haben ausgetanzt."

„Wirklich? Picasso hat in deinem Alter noch zwei Kinder gezeugt."

„So, so. Hmm." Brandt schien das Thema nicht besonders angenehm zu sein. „Guck doch mal bitte nach", sagte er, „ob sich im Internet auch etwas über Franziska Kampe findet. Das hat ja bei der Brückner so gut geklappt."

Katharina Luca lächelte, nahm ihr Smartphone, tippte Buchstaben.

„Tatsächlich", stellte sie nach einer Weile fest. „Ich bin auf der Seite des Bonner Beethoven-Gymnasiums. Da ist sie beim Kollegium aufgeführt. Fächer Deutsch und Sport. Oberstudienrätin. Wahrscheinlich hat Achenbach auch dort gearbeitet und die Beiden kennen sich von daher. Da ist auch ein Foto dabei. Hier."

Sie reichte Brandt das Smartphone.

„Ja", meinte der Kommissar mit einem Blick auf das Foto. „Achenbach liebte offensichtlich attraktive Frauen. Sie scheint erheblich jünger zu sein als er. Höchstens vierzig. Wirkt sportlich durchtrainiert. Kein Wunder, wenn sie das als Fach hat."

Brandt gab ihr das Gerät zurück. „Findest du sonst noch etwas über sie?"

Die Kommissarin tippte wieder Buchstaben, verschob Fenster auf dem Display.

„Oh, ja", bemerkte sie nach einer Weile. „Scheint eine sehr erfolgreiche Kollegin von Achenbach zu sein. Bei ‚amazon‘ ist ein Schulbuch von ihr aufgeführt. ‚Leitfaden einer gendergerechten Sprache im Unterricht‘. 220 Seiten.“

„Gendergerecht? Was ist das denn?“

„Kennst du nicht? Na! Du sagst zu mir ja nicht Frau Kommissar, sondern Frau Kommissarin, drückst dich also gendergerecht, geschlechtsrichtig aus. Wäre ich keine Frau, sondern ein Transvestit, müsstest du mich mit einem Sternchen sprechen.“

„So? Wie das?“

„Keine Ahnung. Zurzeit streiten sie sich darum, wie man das Sternchen spricht. Da haben sie noch keine Lösung.“

Brandt schüttelte den Kopf. „Manchmal habe ich den Eindruck, dass die Verblödung in unserem Land rasant zunimmt. Wie schön, dass ich zu dir ‚Katharina‘ sagen darf und nicht ‚Katharina-Sternchen‘. Klingt aber auch nicht schlecht. Bin mal gespannt, wie wir die Frau Oberstudienrätin anzusprechen haben. Wie ein Transvestit sieht sie jedenfalls nicht aus.“

11

„Sie wünschen?“ fragte Franziska Kampe, als sie die Tür öffnete.

Brandt sagte sein übliches Sprüchlein, zeigte den Ausweis.

„Sie kennen Herrn Achenbach? Arnold Achenbach?“

„Ja. Warum?“

„Wir ermitteln wegen ihm.“

„So? Was hat er denn wieder angestellt?“

37

„Wieder? Warum sagen Sie ‚wieder'?" fragte der Kommissar zurück.

„Er war ein etwas schwieriger Kollege. Ich will damit natürlich nicht sagen, dass er kriminell war oder etwas Unrechtes getan hat. Er hat halt seine Eigenarten."

„Dürfen wir hereinkommen? Oder sollen wir uns zwischen Tür und Angel unterhalten?"

„Selbstverständlich, bitte kommen Sie!" antwortete die Lehrerin, ohne irgendeine Spur von Nervosität zu zeigen.

„Sie machen mich neugierig", meinte sie, als sie vor ihnen durch den Flur ging. „Woher haben Sie überhaupt meine Adresse? Von ihm? Will er mich in irgendetwas hineinziehen?"

„Nein!" antwortete Katharina Luca. „Herr Achenbach wurde in der Schweiz tot aufgefunden. Die Adresse haben wir aus seinem Notizbuch. Wir brauchen Informationen über ihn. Die Umstände seines Todes sind noch unklar. Deshalb ermitteln wir."

Franziska Kampe drehte sich um. „Tot? Arnold? Was ist denn passiert?"

„Genau das wollen wir herausfinden. Anscheinend ist Herr Achenbach im Rhein ertrunken. Man hat ihn bei Schaffhausen gefunden."

„Ertrunken? Er ist ein excellenter Schwimmer."

Die Lehrerin führte sie ins Wohnzimmer, ließ sich auf ein Sofa fallen, zeigte, ohne ein Wort zu sagen, auf zwei Sessel, die zu der Sitzgruppe gehörten.

„Frau Kampe", eröffnete die Kommissarin das Gespräch, „in welchem Verhältnis standen Sie zu Herrn Achenbach? Sie waren seine Freundin?"

„Ja. Mit einer Unterbrechung von gut einem Jahr. Er war mein Kollege. Zu seiner Schulzeit waren wir befreundet. Dann hat Arnold einen Prozess gegen mich geführt. Das heißt nicht nur gegen mich, sondern auch gegen andere Kolleginnen."

„Einen Prozess? Warum?"

„Es ging um Beförderungen. Arnold hatte sich auch beworben, wollte Oberstudienrat werden, wurde aber nicht genommen. Er sah sich benachteiligt wegen der Frauenquote. Er bezeichnete das als Formel von ‚Stock und Rock', also die Bevorzugung von Frauen und Behinderten. Er hat vor dem Europäischen Gerichtshof wegen Diskriminierung geklagt, ist aber abgewiesen worden. Unser Verhältnis hatte da erst einmal eine Eiszeit, war beendet. Er fing an zu trinken, hatte auch gesundheitliche Probleme, ist frühpensioniert worden. Dann hat er sich aber wieder gefangen. Es ging ihm sogar richtig gut. Vor einem Jahr hat er mich besucht. Unser Verhältnis fing wieder an, aber so wie früher war es nicht mehr. Es wurde so eine Art Wochenendtreff. Irgendwie war Arnold reserviert geworden. Ich will nicht sagen ‚gleichgültig'. ‚Zurückhaltend' ist auch nicht das richtige Wort. Ich hatte eben den Eindruck, dass er nur ab und zu etwas für's Bett braucht, wenn Sie wissen, was ich meine."

„Verstehe", bemerkte die Kommissarin. „Wussten Sie, dass er noch ein anderes Verhältnis hatte?"

„Ein Zweites?" Franziska Kampe hob die Augenbrauen. „Nein. Wusste ich nicht. Mit wem?"

„Tut nichts zur Sache. Sie kennen die Frau also nicht?"

„Welche Frau?"

„Sie kam immer mittwochs mit einem roten Porsche."

„Nie gesehen. Keine Ahnung. Arnold hat mir nichts davon erzählt."

„Frau Kampe, etwas anderes. Vor zwei Jahren hat Herr Achenbach eine literarische Agentur gegründet. Was wissen Sie darüber?"

„Nicht viel. Er hat selten darüber geredet. Ich habe mich nur gewundert, dass er das Lager gewechselt hat."

„Das Lager? Was meinen Sie damit."

„Nun ja, Arnold war Deutschlehrer. Aber nicht nur. Er hat auch selbst einen Roman geschrieben, aber keinen Verlag gefunden. Er hat geschimpft darüber, dass bei den Verlagen nur Frauen im Lektorat säßen und fühlte sich zu Unrecht abgewiesen. Überall würden die Frauen bevorzugt, hat er gemeint. Nicht nur in der Schule. Was den Roman betrifft, an den Frauen im Lektorat lag es bestimmt nicht. Er hat mir das Manuskript zum Lesen gegeben. Glauben Sie mir, umständlich, steif, geschwollen, überkorrekt. Typisch Deutschlehrer. Arnold konnte interpretieren, aber nicht schreiben. Notenbegründungen, die ja. Aber einen Roman? Niemals! Was er sich da zusammengefaselt hat, war abscheulich. ‚Die Reise des Pedro Gonzales'. Ein Mexikaner, der Heimweh hat, will von Bonn aus mit dem Fahrrad nach Mexiko. Aber nach zehn Kilometern bleibt er in einem Dorf hängen, verliebt sich in einer Kneipe in eine Klavierlehrerin. So ein Schmarren! Arnold war verbittert. Da hat er gesagt: ‚Dann drehe ich den Spieß eben um und gründe eine Agentur, die Autorinnen vermittelt. Auf die Weise gibt es auch Honorar."

„Interessant. Hat er etwas vermittelt?"

„Weiß ich nicht. Er wollte nicht über die Agentur sprechen. Habe ich ihn gefragt, hat er nur gesagt: ,Ach, nicht so einfach!' Er ist immer ausgewichen, und es war dann auch kein Thema mehr."

„Haben Sie bemerkt, dass er in letzter Zeit irgendwelche Sorgen oder Probleme hatte?"

„Nein. Überhaupt nicht. Im Gegenteil. Seit dem letzten Sommer ist er richtig fröhlich geworden, war gut gelaunt und ist es auch geblieben."

„Warum? Wissen Sie etwas darüber?"

„Ich denke, der Sport hat ihm gutgetan. Als er aus dem Schuldienst ausgeschieden ist, konnte er eine Zeitlang nur mit einer Krücke laufen. Wegen seiner Bandscheibe. Dann aber fing er an zu trainieren und hat sogar beim Kölner Triathlon gewonnen. In seiner Altersklasse. Da war er richtig stolz drauf."

„Ein Husarenstück", kommentierte Brandt. „Von der Krücke zum Triathlon. Aller Ehren wert. Das schafft nicht jeder. Und dann sogar Platz Eins. Frau Kampe, hat er Ihnen erzählt, warum er an den Bodensee fahren wollte? Gab es irgendeinen Anlass?"

„An den Bodensee? Wusste ich nicht. Er hat nur gesagt, dass er einmal einen Tapetenwechsel braucht, einen Urlaub. Vom Bodensee hat er nichts gesagt."

„Sie haben ihn auch nicht gefragt, wohin er verreisen wollte?"

„So etwas habe ich mir bei ihm abgewöhnt. Arnold liebte es nicht, wenn man ihn nach Details fragte."

„Ungewöhnlich. So etwas fragt man doch."

„Eigentlich ja. Aber Sie kannten Arnold nicht. Der erzählt einem etwas freiwillig oder er lässt es. Er wurde nicht gerne gefragt."

„Hmm. Nun gut. Frau Kampe, wo waren Sie am vorletzten Wochenende? Erinnern Sie sich noch daran?"

„Und ob!" kam ziemlich rasch die Antwort. „Da habe ich keine Nacht geschlafen. Ich war auf Klassenfahrt. In einer Jugendherberge in Lübeck. Da bekommen Sie kein Auge zu. Sie müssen auf den Gängen Wache halten, damit nichts passiert. Ach so, Sie meinen, ich sei vielleicht mit ihm gefahren oder ihm nachgefolgt. Nein, nein! Da war ich mit der Jahrgangsstufe Zehn in Lübeck."

„Gut. Müssen wir aber routinemäßig überprüfen."

Franziska Kampe verzog das Gesicht. „Bei wem denn?" fragte sie. „Das gibt ja nur Ärger und Gerede. Nachher weiß die ganze Schule, dass die Kriminalpolizei bei mir war. Dann bleibt irgendetwas hängen. Das ist mir äußerst unangenehm."

„Sie haben die Fahrt doch sicher nicht allein gemacht. Mit einem Kollegen, einer Kollegin?"

Die Oberstudienrätin seufzte, atmete durch. „Natürlich nicht allein. Klassenfahrten macht man immer zu Zweit. Ein Kollege ist mitgekommen. Dr. Müller. Reicht es nicht, wenn Sie in der Jugendherberge nachfragen?"

Bevor Brandt darauf eingehen konnte, sagte seine Kollegin: „Nein, reicht uns nicht." Zum Kommissar meinte sie: „Du hast noch Fragen?"

Der schüttelte den Kopf. „Vorerst nicht." Er wandte sich an Franziska Kampe, gab ihr eine Visitenkarte. „Rufen Sie uns an, wenn Ihnen noch etwas zu Herrn Achenbach einfällt. Und schreiben Sie uns jetzt bitte die Adresse Ihres Kollegen auf. Auch die von der Jugendherberge. Dann müssen wir nicht unbedingt in der Schule auftauchen. Das dürfte Ihnen angenehmer sein. Frau Kampe, das wär's dann erst einmal für heute."

12

„Jetzt zu Rottmann?" fragte Brandt, als sie wieder im Wagen saßen. „Ist ja nur um die Ecke. Versuchen wir's noch mal."

„Meinetwegen", stimmte seine Kollegin zu. „Dann haben wir den ersten Personenkreis durch, falls wir den Studenten antreffen. Danach nehmen wir uns aber die Akten vor. Kontoauszüge, Geschäftsdokumente. Gespannt bin ich vor allem, was der Computer hergibt."

„Könnte allerdings etwas dauern", gab der Kommissar zu bedenken. „Wenn Achenbach so ist, ich meine so war, wie ihn Kampe geschildert hat, reserviert, etwas verschlossen, auskunftsunwillig, dann wird er sich mit einem Passwort abgesichert haben oder sogar mit einer Gesichtserkennung. Aber unser IT-Techniker ist clever. Bis Morgen hat er den Code geknackt. Auch für die Emails."

„Franziska Kampe gehört für dich nicht mehr zum Kreis der Verdächtigen?"

Von Lübeck an den Bodensee? Während einer Klassenfahrt? Unwahrscheinlich. Ich sehe auch kein Motiv. Warum sollte sie Achenbach ins Jenseits befördern? Der Streit mit ihm war vor einigen Jahren."

„So ganz sicher bin ich mir nicht", wandte Katharina Luca ein. „Da ist nämlich eine Merkwürdigkeit."

„So? Welche? Mir ist nichts aufgefallen."

„Die Beiden müssen damals einen heftigen Streit gehabt haben. Sie wird ihm, obwohl sie die viel Jüngere ist, bei der Beförderung vorgezogen. Er ist empört, klagt dagegen vor dem Europäischen Gerichtshof. Das ist doch ein Bruch in der Beziehung. Dann aber scheint auf einmal wieder alles gut. Sie besucht ihn wieder."

„Na und? Er ist nicht mehr in der Schule. Seine Agentur funktioniert vielleicht, wirft genug ab. Der alte Streit ist bedeutungslos. Sie sind keine Konkurrenten mehr."

„Vielleicht hatte er etwas gegen sie in der Hand, hat sie erpresst."

„Womit denn?"

„Er könnte zum Beispiel ihr Buch vermittelt haben und findet dann heraus, dass sie es abgeschrieben hat, also nicht mit eigenen Ideen gekommen ist. Solche Plagiate kennen wir ja von den Doktorarbeiten bei Politikern."

„Hmm. Und wie soll sie ihn in den Rhein befördert haben? Dann wäre sie während der Klassenfahrt wenigstens einen ganzen Tag weg. Fällt doch auf. Wie soll sie das angestellt haben?"

„Warten wir's ab. Hast du sie beobachtet? Wie sie reagiert hat, als ich ihr gesagt habe, dass Achenbach tot ist? Sie schien weder traurig noch schockiert. ‚Was ist denn passiert?' hat sie ziemlich sachlich nachgefragt."

Brandt schüttelte den Kopf. „Habe ich anders erlebt. Zuerst hat sie gefragt ‚tot?' und dann

‚Arnold?'. Sie hat es nicht glauben wollen. Was erwartest du? Dass sie in Tränen ausbricht?"

„Ich habe den Eindruck, du willst sie schonen, willst wegen ihrem Alibi wahrscheinlich nur in der Jugendherberge nachfragen."

„Wäre mir lieber, solange wir keinen konkreten Verdacht und kein Motiv haben. Ein Besuch in der Schule sorgt für Aufsehen, bringt sie in Schwierigkeiten. Die Mordkommission taucht an ihrem Arbeitsplatz auf. Kannst du dir doch vorstellen, wie sie das ins Gerede bringt."

„Wie rücksichtsvoll! Ist mir doch gleich aufgefallen, wie du sie angesehen hast. Sie gefällt dir?"

Brandt lächelte verlegen. „Nein", antwortete er lakonisch und hätte fast hinzugefügt: „Die doch nicht!"

13

Sie hatten Glück. Rottmann war zu Hause.

„Sie stören", meinte er mürrisch, als er ihnen die Tür öffnete. „Der Reichsboden ist nur für Mitglieder. Was wollen Sie? Wer sind Sie?"

Brandt zeigte seinen Ausweis, sagte sein Sprüchlein. „Wir haben ein paar Fragen zu Ihrem Vermieter, Herrn Achenbach. Dürfen wir reinkommen?"

„Nein! Sie können mich hier fragen."

„Zwischen Tür und Angel? Dann könnte Herr Wagner mithören."

„Na und!? Der ist doch sowieso nicht ganz richtig im Kopf."

„Wie meinen Sie das?"

„Der rennt den ganzen Tag durch Haus und Garten und sieht nach, ob alles in Ordnung ist. Ansonsten sitzt er auf dem Balkon und beobachtet die Straße. Lange wohnen bleibe ich hier sowieso nicht."

„Haben Sie näheren Kontakt zu Herrn Achenbach?" fragte Katharina Luca.

„Zu dem? Zu einem Staatenlosen? Nein! Überhaupt nicht."

„Staatenlos? Wie meinen Sie das?"

„Die Bundesrepublik Deutschland existiert nicht. Die ist illegal."

„So, so. Waren Sie schon einmal in Achenbachs Wohnung?"

„Noch nie. Warum fragen Sie mich überhaupt nach ihm?"

„Weil Herr Achenbach tot aufgefunden wurde. Haben Sie in den letzten Wochen etwas Besonderes bemerkt? Besuch, Streit?"

„Nein. Interessiert mich nicht, was der macht. Oft bin ich auch gar nicht da. Was soll ich bemerkt haben?"

„Hätte ja sein können. Hat er Ihnen erzählt, dass er verreist? Vielleicht auch erzählt wohin?"

„Sagte ich doch. Ich habe keinen Kontakt mit dem. Erzählen tun wir uns erst recht nichts. Der hat mir nur mal eine schriftliche Mahnung in den Briefkasten gesteckt, weil es ihm zu laut war. So ein bisschen Musik. Verträgt der nicht."

„Wo waren Sie am vorletzten Wochenende, also am 19. und 20. Mai?"

Rottmann schüttelte den Kopf. „Weiß ich doch jetzt nicht mehr. Ich schreibe mir das nicht auf."

„Dann denken Sie bitte einmal angestrengt nach!"

„Ich weiß es nicht. Wahrscheinlich war ich tagsüber in der Wohnung und abends wie immer in der Kneipe. Ich mache mir keine Notizen."

„Sie haben also kein Alibi."

„Wozu auch. Ich habe dem Achenbach nichts getan."

„Nun gut", meinte Brandt. „Warum wollen Sie uns nicht in Ihre Wohnung lassen? Gibt es Gründe?"

„Hab' ich Ihnen doch schon gesagt. Das ist Reichsboden. Hier kommen nur Bismarckfreunde rein oder Verehrer von Kaiser Wilhelm."

„Wie Sie meinen", bemerkte der Kommissar und sah Rottmann prüfend an. „Das war's vorerst. Aber wir kommen wieder."

„Ja, ja. Machen Sie! Ich verabschiede mich jetzt mit einem Götz-Zitat."

„Das ist eine Beleidigung, Herr Rottmann."

„Wieso? Sie wissen doch gar nicht, mit welchem Zitat."

„Mit welchem denn?"

„Die künftigen Zeiten brauchen Männer."

14

„Seltsamer Kerl", bemerkte Brandt, als sie auf dem Rückweg zum Präsidium waren. „Warum wollte er uns nicht in die Wohnung lassen? Was meinst du? Sieht doch aus, als hätte er etwas zu verbergen."

„Möglich. Vielleicht hat er da oben eine kleine Waffensammlung. Wäre typisch für einen Reichsbürger. Könnte sein, dass er irgendetwas plant, an irgendetwas bastelt. Stell dir vor, der

Achenbach ist ihm auf die Spur gekommen. Dann hätte Rottmann ein Motiv, ein ziemlich heftiges. Aber wozu reist er ihm dann an den Bodensee nach oder in die Schweiz? Allerdings könnte es auch sein, dass er dort Kontaktleute hat, die das für ihn erledigen. Muss ja nicht stimmen, dass er angeblich nicht weiß, wohin Achenbach fährt. Wir müssen im Präsidium sehen, ob etwas gegen ihn vorliegt. Bin gespannt, ob seine Behauptung stimmt, er sei noch nie in Achenbachs Wohnung gewesen. Die Spurensicherung wird das herausfinden. Das reicht, um eine richterliche Anordnung zu bekommen. Dann können wir seine Wohnung durchsuchen. Im Moment haben wir nichts an der Hand gegen ihn."

„Nicht nur gegen ihn. Sieh doch bitte mal bei Facebook nach, ob er da vernetzt ist."

Die Kommissarin ging über ihr Smartphone zu Facebook, tippte Rottmanns Namen ein.

„Ja, da ist er", sagte sie. „Hat eine rege Kommunikation mit Followern und Gegnern, die ihn als Spinner beschimpfen. Die Reichsbürger lassen sich hier über Verschwörungstheorien aus. Internationales Judentum, heimlicher Pakt der Bundesregierung mit dem Islam. Angeblich versteckt die Kanzlerin in unterirdischen Bunkern islamische Krieger. Was für ein Schmarren! Ach ja, und die Mondlandung der Amerikaner ist in Hollywood gedreht worden."

„Gibt es auch ein Foto von Rottmann?"

„Aber ja. Mit Reichsflagge. Schwarz-Weiß-Rot mit Eisernem Kreuz in der Mitte."

Brandt war auf die Konrad-Adenauer-Brücke gefahren, blickte auf den Rhein und das

Siebengebirge mit dem Drachenfels. Bald würde das Präsidium auftauchen.

„Mal sehen, was die Aktenordner hergeben", meinte er. „Achenbach scheint ja ein ordentlicher Typ zu sein, der alles abheftet. Und in seinem Computer werden wir hoffentlich auch etwas finden. Vielleicht ist er an den Bodensee gefahren, weil er dort noch eine Perle hat und ein wütender Ehemann hat ihn in den Rhein befördert. Ein Casanova lebt gefährlich."

15

„Auch eine Tasse?" fragte Brandt, der die Kaffeemaschine bediente, und fügte hinzu: „Whisky gibt's leider nur beim Präsidenten."

„Kaffee! Gerne" antwortete Katharina. „Ich brauche keinen Whisky. Welche Akten nimmst du dir vor? Ich beginne mit der für seine Agentur. Mal sehen, was er vermittelt hat."

„Da hast du dir die dünnste Mappe ausgesucht. Viel scheint es nicht zu sein. Meinetwegen. Ich fange mit den Kontoauszügen an. Das sind sogar zwei Ordner."

Sie saßen an ihren Schreibtischen im Kommissariat. Es war später Nachmittag. Der Himmel draußen war grau zugezogen. Für den Mai war es ein ungewöhnlich kalter Tag. Das Klima spielte verrückt, wechselte zwischen kalt und schwül, konnte innerhalb von Stunden umschlagen. Es würde ein langer Tag, vielleicht sogar eine lange Nacht werden. Aus der IT-Abteilung war um fünf Uhr überraschend schnell Achenbachs Computer gekommen.

„Das Passwort", sagte der Techniker, „war auf einem kleinen Zettel, der unter das Gerät geklebt war. ‚Achilles'. Hat er auch für die Emails benutzt. Die Emailadresse findet ihr auf seiner Website. Die Chronik hat er übrigens immer gelöscht. Da ist nichts. Wenn ihr Fragen habt, ruft mich an."

Als der Kollege gegangen war, bemerkte Brandt: „Der hat es gut. Geregelte Arbeitszeiten. Wir müssen einem Fall nachspüren, der jetzt fast zwei Wochen zurückliegt. Der Täter hatte viel Zeit, Spuren zu verwischen."

„Warum ‚Täter'?" wandte seine Kollegin ein. „Könnte doch auch eine Frau gewesen sein."

„Ja, ja, weiß ich. Wie sagtest du? Gendergerecht?"

„Gendergerecht."

Der Kommissar kam mit einer Tasse an Katharinas Schreibtisch, stellte sie vor sie hin. „Milch ist schon drin", sagte er. „Umgerührt ist auch."

„Danke! Hätt' ich nicht gekonnt."

16

Die Kommissarin hatte sich den Ordner mit der Aufschrift ‚Literarische Agentur' genommen, während Brandt sich die Kontoauszüge vornahm. Sie schlug den Deckel auf. „Nicht gerade spannend", meinte sie. „Zunächst mal die Steuererklärung 2017. Werbekosten, Umsatzsteuer, Einnahmen usw."

„Was hat er mit seiner Agentur verdient?"

„Augenblick... Oh, ja! Immerhin fast 25 000 Euro im ganzen Jahr."

„Sehr schön", kommentierte Brandt. „Dann kommt noch die Pension dazu. Das Haus mit den Mieteinnahmen gehört ihm. Wie viele Autoren hatte er unter Vertrag?"

„Warte, müsste unter dem Register ‚Verträge' stehen."

Sie schlug das Register auf. „Oh!" sagte sie. „Da ist nur ein Vertrag. Mit einer Martha Engelreich. Der hat eine einzige Autorin im Rennen. Sonst nichts."

Die Kommissarin las, murmelte irgendetwas, was Brandt nicht verstand. Schließlich bemerkte sie: „Das ist gar nicht der Vertrag zwischen Achenbach und der Autorin, sondern der Vertrag zwischen dem Verlag und dieser Martha Engelreich. Aber mit der ausdrücklichen Bemerkung, dass alle Kontakte über Achenbach zu laufen haben."

„Was hat die denn für einen Roman geschrieben?"

„'Mach aus mir einen Prinz!' heißt der. Engelreich sind pro Buch 20% des Verkaufspreises zugesichert. In dem Vertrag steht als Kondition auch, dass der Verlag das Autorenhonorar zunächst an Achenbach bezahlt. Der zieht seinen Anteil ab, überweist die restliche Summe an Engelreich."

„Ist das so üblich?"

„Weiß ich nicht. Nicht unbedingt. Sieht nach Knebelvertrag aus. Achenbach behält sich auch die Vermittlungsrechte an Folgeromanen vor. Der hat geahnt, dass er da ein besonderes Talent vermittelt hat."

„Von wann ist der Vertrag?"

„Vom Dezember 2016."

„Dann hat Achenbach im folgenden Jahr also immerhin von nur einer Autorin 25 000 Euro Honoraranteil bekommen. Es muss doch auch einen Vertrag zwischen ihm und der Autorin geben?"

„Nein. Nicht in diesem Ordner."

„Wieviel kostet ein Buch?"

„Steht hier nicht drin. Müssten wir im Internet nachsehen."

Katharina stand auf, ging zur Kaffeemaschine. „Wir können jetzt noch eine Tasse gebrauchen", sagte sie. „In dem Vertrag steht nämlich noch etwas."

„So? Was denn?"

„Um welchen Verlag es sich handelt."

„Ja? Welchen?"

„Penthesilea-Verlag. Und weißt du, wo der sich befindet? In Radolfzell am Bodensee."

17

„Penthesilea-Verlag? Radolfzell?" fragte Brandt überrascht. „Dann war Achenbach also geschäftlich am Bodensee. Sehen wir uns den Verlag doch einmal an im Internet!"

Die Kommissarin fuhr ihren Computer hoch, gab bei Google ‚Penthesilea-Verlag' ein.

„Ja, da haben wir ihn", sagte sie und las vor: „Der ‚Penthesilea-Verlag' hat sich spezialisiert auf emanzipierte Frauenliteratur. Dafür ist unser Name Programm. Penthesilea war die Königin der Amazonen."

„Aha", meinte Brandt verwundert. „Und ausgerechnet an diesen Verlag hat Achenbach eine Autorin vermittelt?"

„Ja. Martha Engelreich."

Die Kommissarin klickte ‚Unsere Autorinnen' an. „Hier ist sie mit ihrem Buch. ‚Mach aus mir einen Prinz!' Zweite Auflage März 2018. Und weißt du was? Das muss sogar ein Bestseller geworden sein. Hier steht: ‚Nominiert für den Preis der vereinigten Buchhändler Baden-Württemberg, dotiert mit 30 000 Euro."

„Kann Achenbach davon einen Anteil verlangen?"

Katharina nahm sich noch einmal den Ordner ‚Literarische Agentur' vor.

„Weiß ich nicht. Hier ist ja nur der Vertrag zwischen Engelreich und dem Verlag. Ein Vertrag zwischen Achenbach und der Autorin fehlt. Jedenfalls findet er sich nicht in dem Ordner. Einen zweiten Ordner ‚Literarische Agentur' oder ‚Verträge' gibt es nicht."

„Seltsam. Wer führt den Verlag? Sieh doch mal im Impressum nach!"

„Eine Alice Waigel."

„Foto?"

„Ja. Bei ‚Unser Team'. Drei Frauen. Waigel als Verlagschefin, eine Annette Conzelmann als Lektorin, Melitta Seidel als Vertriebsmanagerin."

Brandt kam zu ihr, betrachtete die Fotos. „Hübsche Riege", sagte er. „Alle um die vierzig. Aber was ist mit Martha Engelreich? Gibt es nähere Informationen zu ihr?"

„Auf der Website des Verlages nicht. Aber sehen wir doch einmal bei ‚amazon' nach. Da muss das Buch aufgeführt sein. In der Regel gibt es dort auch

Informationen zu den Autoren bzw. Autorinnen. Bei vielen Büchern ist die Funktion ‚Blick ins Buch' zugeschaltet. Oft haben die Autoren dort auch eine eigene Rubrik mit ihrer Biographie und allen Veröffentlichungen."

Die Kommissarin wechselte zu ‚amazon', tippte ‚Martha Engelreich' in die Suchleiste. Aha, da haben wir das Buch. Zweite Auflage, März 2018. ‚Bestseller' steht auf dem Cover. Sieh mal! Weiter unten ist der Ranglistenplatz aufgeführt. Platz 5 bei den ganzen Büchern. Muss sich ziemlich gut verkaufen."

„Was ist mit der Funktion ‚Blick ins Buch' Gibt es die?"

„Ja. Die ist dabei."

Brandt rückte einen Stuhl heran, setzte sich neben die Kommissarin vor den Bildschirm. „Dann gucken wir uns diesen Bestseller doch einmal an!"

18

„Lustiges Coverfoto!" bemerkte Brandt. „Ein grasgrüner, verliebt guckender Frosch mit zwei roten Herzchen über den Augen. Wie macht Frau aus einem Frosch einen Prinz? Da hat die Autorin wohl an ein Märchen gedacht."

Katharina Luca klickte weiter. „Hier haben wir die Autorin, mit Foto. Lustige Person. Langes, rotes geblümtes Kleid. Sie führt da gerade einen Tanz auf."

Die Kommissarin las laut vor: „Martha Engelreich, Jahrgang 1968, arbeitet als Tanzlehrerin und Animateurin auf einem Kreuzfahrtschiff. Während sie auf See ist, versorgt ihr Mann Haus und Hund. Mit dem Buch ‚Mach aus mir einen Prinz!' schrieb sie ihren ersten Roman. Die jetzt zweite Auflage eroberte sich auf Anhieb Platz 1 der Spiegel-Bestsellerliste. Sie ist für den mit 30 000 Euro dotierten Preis der vereinigten Buchhändler Baden-Württemberg für das beste Roman-Debüt nominiert."

„Na, das ist doch was!" kommentierte Brandt. „Da hat Achenbach sich ja einen richtig dicken Fisch geangelt. Wo lebt Martha Engelreich? Steht das auch dabei?"

„Nein, das ist nicht angegeben. Wenn sie für diesen Preis nominiert ist, wird es sich wohl um eine Autorin aus Baden-Württemberg handeln."

„Lies mal den Klappentext des Buches! Worum handelt es sich überhaupt?"

Die Kommissarin klickte sich zur Rückseite des Covers. „Also, na ja, klingt recht amüsant." Sie las vor:

„Bei dem ersten Date mit Helmut dachte ich: „Was hat er nur für Unarten. Das geht gar nicht! Aber ein bisschen verliebt war ich schon. Sollte ich ihn an die Wand werfen? Nein. Das geht nur im Märchen. Also musste ich ihn erziehen. Aber bitte so, dass er es nicht merkt."

„Na ja", meinte die Kommissarin. „Recht kurz. Aber soll die Leser halt neugierig machen. Wie schafft sie das, sich einen Mann zu erziehen?"

„Lies mal was vor aus dem Roman!", forderte Brandt die Kollegin auf.

„Gut. Also…" Die Kommissarin scrollte sich zum Anfang des Buches und las:

„Bei meinem ersten Mann, Hans-Günther, der sich durch besonders viele Unarten auszeichnete, hatte ich den Fehler gemacht, die Erziehung zu offensichtlich zu machen. Er merkte es, bockte, und dann – ja, ich schäme mich, es zu schreiben – geschah die schon klassische Nummer. Hans-Günther ging Zigaretten holen und kam nie wieder. Ich weiß nicht, wo er hin ist. Zurück blieben Hemden, Hosen und allerlei persönlicher Kram, auf den er leichten Herzens verzichtet hatte. Zum Glück waren wir noch nicht verheiratet, sondern nur verlobt, so dass es keine bürokratischen Probleme gab. Er war einfach weg.

Mein Erziehungsversuch war gescheitert. Ich hatte immer gesagt: „Du musst... du darfst nicht... das tut man nicht, Hans-Günther... mach es bitte anders... oh Gott, warum schon wieder?... lernst du es denn nicht?... befolge doch bitte, was ich dir sage!... wenn du ein Hörgerät brauchst, gib es doch endlich zu; es ist keine Schande."

Im Nachhinein weiß ich: Das war alles zu direkt. Ich war ihm auf die Nerven gegangen. Er hatte die Notbremse gezogen, die Flucht ergriffen. Ein bisschen leid tat er mir schon. Denn Hans-Günther hatte keine Arbeit, kein Geld. Ich hatte ihn ernährt, ihn auch großzügig mit Taschengeld versorgt und geglaubt, dass er sich dafür dankbar zeigen würde und hatte daraus mein Recht abgeleitet, ihm Unarten abzugewöhnen. Hans-Günther hatte viele. Er schlief lange, hatte kein Interesse an einem gemeinsamen Frühstück, ging erst nachmittags mit Paulchen, meinem Pudel, spazieren, hat den Hund dabei dreimal verloren, hockte viel zu oft an der Theke, weigerte sich, im Sitzen sein nasses Geschäft zu verrichten, putzte widerwillig die Fenster, so dass sie nachher nur noch schlimmer aussahen, erwies sich bei Gartenarbeiten als so ungeschickt, dass ich einen Gärtner beauftragen musste. Im

Haushalt hat er nie geholfen, ließ alles herumliegen. Besonders reinlich war er auch nicht. Ich musste ihn mit Engelszungen überreden, unter die Dusche zu gehen. „Zweimal die Woche reicht doch", hatte er gemeint. „Nein, Hans-Günther", hatte ich erwidert. „Das machst du täglich. Einmal, wenn du aufstehst und dann, bevor du wieder zu Bett gehst. Auch wenn zwischen diesen beiden Ereignissen nicht viel Zeit verstreicht." Ach, es war so vieles, was das Leben mit ihm schwierig machte! Manchmal aber konnte er auch richtig lieb sein. Dann sah er mich mit seinen treuen Dackelaugen an und sagte: „Ach, Martha, wenn ich dich nicht hätte!"

„So, so", meinte Brandt. „Damit also kann man für einen Preis nominiert und Bestsellerautorin werden. Schwer zu verstehen."

„Kommt ja nicht auf die Qualität an", warf Katharina ein, „sondern auf das Marketing. Hier scheint der Verlag ein geschicktes Händchen und die entsprechenden Mittel zu haben. Wenn es nach Qualität ginge, müsste Schiller posthum jedes Jahr einen Preis bekommen. Nicht der beste Roman schafft es in die sogenannte Bestsellerliste, sondern der am meisten beworbene. Und wenn ein Werk nur Verrisse bekommt, schadet das auch nicht. Im Gegenteil. Dann will jeder das Schandstück gelesen haben. Ich denke da an ‚Feuchtgebiete' oder ‚Fifty Shades of Grey'. Rühre die Werbetrommel für Mist und jeder steckt die Nase rein."

„Nun gut", sagte Brandt. „Gibt es eine ausführliche Vita der Autorin? Wir brauchen nähere Informationen über sie."

Die Kommissarin klickte die Rubrik ‚Mehr über die Autorin' an und schüttelte nach einer Weile den

Kopf. „Nein, mehr als hinten im Buch steht da nicht. Wir wissen also noch nicht, wo sie lebt. Eine eigene Website ist auch nicht angegeben. Sie will anscheinend anonym bleiben."

„Aber im Vertrag mit dem Verlag müsste doch ihre Adresse stehen."

„Eben nicht. Es sieht so aus, als hätte Achenbach die nicht preisgeben wollen."

„Seltsam. Was ist mit Achenbachs Adressbuch?"

Sie nahm sich das Buch noch einmal vor, schlug die Register auf, schüttelte den Kopf.

„Nichts. Nicht unter ‚E', nicht unter ‚M'. Nirgendwo. Entweder hat er die Daten im Kopf oder sonstwo gespeichert."

„Findest du über sie etwas bei Google?" fragte der Kommissar. „Versuche es doch bitte einmal dort."

Katharina rief Google auf, gab ‚Martha Engelreich' in die Suchleiste.

„Nein", sagte sie. „Nichts. Außer dass man wieder auf ihr Buch verwiesen wird."

19

„Es gibt noch eine andere Möglichkeit, herauszufinden, wo sie wohnt", sagte Brandt. „Der Verlag überweist das Honorar für Martha Engelreich an Achenbach, der als Agent die Geschäfte für die Autorin führt. Achenbach muss ihr von dem Honorar 80% überweisen. 20% behält er für sich. Bei den Kontoauszügen müsste sich also die Bankverbindung von Engelreich finden. Anhand der IBAN erkennen wir den Wohnort. Ich gehe davon aus, dass sie auch dort wohnt, wo sie ihre Bank hat. Anruf beim Einwohnermeldeamt oder auch bei der Bank. Die müssen ja ihre Adresse haben. Ich werde jetzt den ganzen Stapel von Kontoauszügen darauf überprüfen. Wie sieht das im Autorenvertrag aus? Wie soll das Honorar zeitlich überwiesen werden?"

„Augenblick. Da muss ich mir den Vertrag noch einmal vornehmen." Die Kommissarin griff zu dem Aktenordner ‚Literarische Agentur'. „Ach ja, hier haben wir es. Das Honorar soll halbjährlich an Achenbach überwiesen werden. Das ist die Abmachung, die er als Agent für seine Autorin getroffen hat."

„Gut. Dann müssten sich also für 2017 Überweisungen finden lassen. Wenn das ein Bestseller ist, muss Geld geflossen sein."

Brandt kehrte an seinen Schreibtisch zurück, nahm sich den Ordner ‚Kontoauszüge 2017' vor, blätterte.

„Da haben wir es schon", sagte er nach einer Weile. „Also, auf Achenbachs Konto sind im Juli 35 000 Euro überwiesen worden. Dann im Dezember waren es 87 000. Eine stolze Summe für so ein Buch."

Der Kommissar schüttelte den Kopf. „Unglaublich, mit welchem Mist man Geld machen kann."

Er blätterte weiter, suchte, hatte den ganzen Stapel durch, begann wieder von vorne.

„Es gibt keine Überweisung an Engelreich", stellte er schließlich fest. „Zumindest ist das nicht bei diesen Kontoauszügen. Jede Überweisung, jede Einnahme ist akribisch abgeheftet. Nur diese nicht. Was hat das zu bedeuten?"

„Vielleicht kennen sie sich persönlich", überlegte Katharina. „Sie treffen sich. Er gibt ihr das Geld in bar. Möglich, dass sie eine Beziehung haben. Engelreich will ihre Einnahmen am Finanzamt vorbeiführen. Das Geld bringt sie auf eine Schweizer Bank. In Schaffhausen zum Beispiel. Da haben sich die Beiden getroffen. Irgendetwas muss passiert sein. Ein heftiger Streit am Rheinufer. Sie schlägt zum Beispiel mit einem Stein zu. Er stürzt bewusstlos ins Wasser, ertrinkt."

„Hmm." Brandt legte die Stirn in Falten, rieb sich mit der Hand über das Kinn. „Möglich. Aber wie erklärst du dir, dass man nichts in Achenbachs Taschen gefunden hat. Keine Papiere, kein Handy, kein Geld, keine Schlüssel, nichts. Dann müsste sie ihn ja niedergeschlagen haben, hat seine Taschen geleert und ihn dann ins Wasser geworfen. Kann das so gewesen sein? Das Rheinufer bei Schaffhausen ist sicher belebt. Spaziergänger, Radfahrer, Jogger, was weiß ich. Sie müsste ihn im Dunkeln umgebracht haben. Aber was machen die zu solch einer Zeit am Rhein? Ungewöhnlich."

„Nein, gar nicht", wandte die Kommissarin ein. „Die Engelreich ist verheiratet. Sie treffen sich heimlich, damit der Mann nicht dahinterkommt. Im Dunkeln am Rhein eben. Dann gibt es allerdings auch die Möglichkeit einer Eifersuchtstat. Engelreichs Mann kommt den Beiden auf die Spur, schlägt Achenbach nieder. Damit man Achenbach nicht identifizieren kann, leeren sie die Taschen und ziehen ihn gemeinsam ins Wasser."

„Abenteuerliche These", meinte Brandt. „Aber möglich. Nun gut, es hilft nichts. Wir müssen herausfinden, wo Engelreich wohnt. Ist sie mal wieder auf Kreuzfahrt, wird es schwierig. Ein seltsamer Fall. Ein Literaturagent kassiert das Honorar seiner Autorin, gibt es ihr in bar."

„Was ist mit den regelmäßigen Abbuchungen?" fragte die Kommissarin. „Bei welchem Anbieter hat er Internet und Handy?"

„Habe ich schon durchgesehen. Bei der Telekom. Aber der Betrag ist gering, scheint nur für eine Internetflatrate zu gelten. Ich befürchte, sein Handy betreibt er mit einer Prepaidkarte. Dann wird es für uns schwierig, den Anbieter herauszufinden."

Der Kommissar sah auf die Uhr. „Neun. Genug für heute. Den Computer nehmen wir uns morgen vor. Dann wissen wir vielleicht mehr."

Brandt ging zum Fenster, sah hinaus. „Wenigstens das Wetter hat sich gebessert", stellte er fest. „Ein wolkenloser Himmel. Warm ist es auch. Eigentlich ein schöner Abend. Zu Schade, um jetzt zu Hause rumzusitzen und sich einen der immer blöder werdenden Fernsehfilme anzusehen. Was hältst du von einem Besuch im Biergarten? Oder hast du etwas anderes vor?"

„Nein", sagte Katharina. „Ich kenne einen sehr schönen, gemütlichen Biergarten in Unkel. ‚Fra Bartolo'. Ein Geheimtipp. Aber wir müssten uns einigen, wer fährt."

„Ich fahre, bleibe bei einem Bier oder einem Glas Wein. Du kannst dir meinetwegen deinen Kummer wegtrinken. Ich bringe dich dann nach Hause. Lass deinen Wagen hier stehen. Morgen früh hole ich dich ab."

20

„Mediterran und urgemütlich", stellte Brandt fest, als sie im Innenhof des ‚Fra Bartolo' saßen. „Dass wir so ein Juwel fast vor der Haustür haben! Man sitzt lauschig in einem Blütenmeer."

„Wusste gar nicht, dass du zu einem Anflug von Poesie fähig bist." Katharina Luca lächelte. „Jedenfalls ist es hier schöner als in meinem öden Monteurzimmer."

„Monteurzimmer?"

„Übergangsweise. Bis ich etwas Neues gefunden habe. Ich bin ausgezogen. Möbel habe ich keine mitgenommen. Will auch keine Erinnerung haben. Monteurzimmer in Beuel. 20 Euro die Nacht. Na ja, wie gesagt Übergangszeit. Werde demnächst eine Wohnung suchen und mich neu einrichten."

„Liebeskummer ist schlimmer als Bauchweh", bemerkte Brandt. „So eine Art psychische Erkrankung, gegen die keine Arznei hilft."

„Du kennst dich aus damit?"

„Früher mal. Im Alter plagt man sich mit ganz anderen Fragen herum."

„Zum Beispiel?"

„Was mache ich, wenn das Arbeitsleben vorbei ist? Überhaupt fängt man an, an die Vergänglichkeit zu denken. Sie wird bewusster und zu einem Problem. Man verdrängt es gerne. Aber es ist unausweichlich real. Man kann vieles anhalten. Die Zeit jedoch nicht."

„Ein bisschen schon", meinte Katharina. „Genießen wir einfach den Rest des Abends. Hast du dir schon was ausgesucht?"

„Ja. Einen trockenen Weißen. Hunger habe ich auch. Ich versuche es mit einem Tapas-Teller. ‚España Olé'. Und du?"

„Einen Roten. Hunger habe ich weniger. Werde aber die Datteln im Speckmantel probieren."

„Bin gespannt, ob wir auch am Bodensee kulinarische Köstlichkeiten entdecken können. Ich denke, eine Reise dorthin wird notwendig sein. Warst du schon dort?"

„Nein, noch nie. Diese Ecke Deutschlands kenne ich noch nicht. Wie viele Länder teilen sich eigentlich den Bodensee?"

„Ich glaube drei oder vier", antwortete Brandt. „Deutschland, die Schweiz und Österreich. Kann sein, dass Lichtenstein noch dazu kommt. Müsste ich auf der Karte nachsehen."

Die Kellnerin kam. Sie gaben die Bestellung auf. Etwas später stießen sie mit den Weingläsern an.

„Salud!" sagte der Kommissar. „Auf eine angenehme Dienstreise. Mein letzter Fall. Ich habe das Gefühl, dass wir am Bodensee auf der richtigen Spur sind."

„Du ziehst Brückner, Kampe und Rottmann nicht mehr in Betracht?"

„Jetzt weniger. Ganz ausschließen will ich sie nicht. Bei Engelreich dagegen scheint Geld im Spiel zu sein. Ich kann mir gut vorstellen, dass sich die Beiden in der Schweiz getroffen haben. Wäre naheliegend, dass Engelreich ihr Honorar am Finanzamt vorbeischleusen wollte. Achenbach könnte sie dafür einen Anteil versprochen haben, der mehr als die vertraglichen 20% beträgt. Über irgendetwas sind die Beiden in Streit geraten. Das wäre meine plausibelste Erklärung."

„Auf dem Foto im Buch sieht sie aber gar nicht wie eine streitbare Henne aus. Eher wie eine gemütliche, lebenslustige Dame, die Spaß an ihrem Beruf hat."

„Ja, mag schon sein", meinte der Kommissar. „Den Spaß will sie auch behalten. Da darf ihr keiner in die Quere kommen. Nun gut. Morgen nehmen wir uns Achenbachs Computer vor.

21

Gegen elf hatte Brandt seine Kollegin nach Beuel gebracht, sich vor der Pension in der Wolfsgasse von ihr verabschiedet, war nachdenklich nach Thomasberg gefahren, wo er wohnte. Thomasberg gehörte zu Königswinter, lag etwas oberhalb am Fuß des Ölbergs. Auf dem Weg in sein Haus kam er immer an Heisterbach vorbei, wo früher ein bedeutendes Kloster gewesen war. Jetzt sah man davon nur noch die Chorruine. Legendär war die Geschichte vom Mönch von Heisterbach. Der hatte über das Phänomen der Zeit nachgedacht, war grübelnd zu einem Spaziergang in den Wald gegangen, dort eingeschlafen, aufgewacht, zum Kloster zurückgekehrt, hatte an der Pforte geläutet. Man kannte ihn nicht mehr. Und er kannte keins der neuen Gesichter im Kloster. Aber die Mönche erinnerten sich, dass vor hundert Jahren ein Bruder in den Wald gegangen war und nie mehr gesehen wurde. Das Phänomen der Zeit. Hundert Jahre sind vor Gott wie ein Tag.

Daran musste Brandt denken. Wie rasch doch die eigene Zeit vergangen war! Es kam ihm vor, als sei er erst gestern in den Dienst getreten und jetzt nur noch ein paar Monate, dann war dieser Lebensabschnitt vorbei. Wozu wurde er dann noch gebraucht? Er wusste es nicht. Was macht man, wenn man nur noch Zeit hat? Viele träumten davon, schmiedeten Pläne, wollten aufgeschobene Abenteuer nachholen. Selten gelang es. Die Zeit war verpasst. Im Grunde klopfte man jetzt schon an Gottes Wartezimmer. Wie bei einer Sanduhr waren die meisten Körner nach unten gerieselt. Der Rest oben im Glas war unbestimmt. Was half es auch, wenn man so schön wohnte wie er? In einem alten renovierten Fachwerkhäuschen mit einem kleinen, absichtlich verwilderten Garten und einer Terrasse mit Blick auf das Siebengebirge?

Kontakt zu den Menschen im Ort hatte er kaum gehabt. Nur zu seiner Nachbarin, der Frau Breuer. Ab und zu ein Tässchen Kaffee. Manchmal war er auch für sie einkaufen gegangen. Die alte Dame, 87 war sie, konnte sich nur mit dem Rollator bewegen. Vor fünf Wochen war sie gestorben. Er hatte an der Beerdigung teilgenommen. Jetzt war an ihrem Haus ein Schild angebracht „Zu verkaufen". Die Telefonnummer des Sohnes, der es geerbt hatte, war angegeben. Es war ein Fachwerkhaus, ähnlich wie seins. Aber renovierungsbedürftig. Das musste Käufer abgeschreckt haben. Jedenfalls hing das Schild immer noch im Fenster. So rasch verkaufte sich altes Fachwerk nicht.

Wäre was für Katharina, dachte Brandt. Die ist jung, Beamtin. Ein Kredit würde ihr nachgetragen. Dann hätte er eine angenehme, attraktive Nachbarin. Aber zugleich auch den Stachel, dass er zuschauen müsste, wenn irgendein junger Kerl zu Besuch käme. Vielleicht war es falsch, immer allein zu wohnen, abends in ein leeres Anwesen zu kommen. Noch nicht einmal ein Hund freute sich, wenn er kam. Gut, so war es eben gelaufen. Das war nicht rückgängig zu machen. Aber wie sollte das aussehen mit Beginn der Pension? Sich den lieben langen Tag auf dem Rentnerbänkchen langweilen, ab und zu Tennis spielen, mit dem Rad den Rhein entlang nach Koblenz fahren, einem Boule-Verein beitreten, Kugeln aufheben, sich über Krankheiten unterhalten, wenn das mit dem Bücken nicht mehr klappte, in einem Kurcafé tanzen gehen, nach der großen Geliebten suchen, eine Kreuzfahrt unternehmen mit 5000 Gästen an Bord, nach Spanien auswandern, wo wenigstens der Winter erträglich war, sich ein Motorrad zulegen und zu einer Weltumrundung aufbrechen? Oder wenigstens Briefmarken sammeln und alte Münzen? Was also tun, wenn es nicht mit Leidenschaft geschah? Er wusste es nicht. Er hatte diese Gedanken auch verdrängt, solange der Dienst Struktur gab. Aber jetzt war die Stunde Null näher gerückt und absehbar. Ein Fall noch. Mehr würde es nicht werden.

So stand er gegen Mitternacht mit einem Glas Wein auf der Terrasse, sah in einen sternenklaren Himmel, hatte sich eine Zigarette gedreht, hing melancholischen Gedanken nach, dachte an den Spruch des Präsidenten: „Das Auge bleibt jung!" Ja, das stimmte. Das stimmte sogar sehr. Aber 38 und 65 das geht nicht gut. Das war was für Hollywood. Da musste man reich und sehr berühmt sein. Im normalen Leben geschah das nicht. Attraktive Frauen im eigenen Alter waren entweder vergeben oder hatten die Nase voll von Männern und erfreuten sich ihrer Unabhängigkeit. Drei Monate noch. Dann wurde die Einsamkeit nicht mehr durch den Beruf kompensiert. Mit diesen Gedanken ging der Kommissar schlafen und nahm die Stimmung mit in den Traum. Immer wieder versuchte er bei einem gepackten Koffer den Deckel zu schließen. Es gelang nicht. Auch wusste er nicht, wohin überhaupt die Reise gehen sollte.

22

Während Brandt auf seiner Terrasse über Zeit und Vergänglichkeit grübelte, fühlte sich Katharina Luca zum ersten Mal seit zwei Wochen besser. Der noch immer tiefsitzende Schock war abgemildert, das Bild, das ihr keine Minute aus dem Kopf gegangen war, etwas verblasst. Jedenfalls musste sie nicht mehr unentwegt an die Szene denken.

Vor zwei Jahren hatte sie ihre eigene Wohnung in Düsseldorf aufgegeben, war zu Horst gezogen, lebte mit ihm in seiner Wohnung zusammen. Er hatte seinen sogenannten ‚Home-Office-Day' gehabt, musste nicht ins Büro des IT-Unternehmens, für das er arbeitete, konnte von zu Hause seine Aufgaben erledigen. Sie war gegen Mittag überraschend in die Wohnung gekommen, weil sie ihr Smartphone vergessen hatte und es für eine gespeicherte Adresse brauchte. Sicher, sie hätte auch Horst anrufen können, ihn bitten nachzuschauen. Aber dann hätte sie das Passwort preisgeben müssen. Das wollte sie nicht. Als sie in Arbeitszimmer kam, saß er nicht am Schreibtisch. Er war auch nicht im Wohnzimmer, nicht in der Küche oder im Bad. Da hatte sie die Schlafzimmertür geöffnet und in zwei überraschte Gesichter geblickt. Horst hatte sich rasch die Decke bis an den Hals gezogen, so als könne er dadurch etwas verbergen. Neben ihm lag Yvonne und grinste nach dem ersten Schrecken verlegen.

Sie kannte die Kollegin von Horst. Bei einem Firmenfest, zu dem er sie mitgenommen hatte, war Katharina schon damals aufgefallen, wie sie eine Spur zu intim ihre Hand auf seine Schulter gelegt hatte. „Da ist nichts", hatte Horst sie beruhigt. „Wir sind nur gute Kollegen. Die Arbeitsatmosphäre hier ist so." Sie hatte ihm geglaubt.

Jetzt aber lag er mit Yvonne im Bett. Sie hatte sich umgedreht, die Schlafzimmertür geschlossen, war ins Wohnzimmer gegangen, hatte sich auf das Sofa gesetzt, das Gesicht in den Händen vergraben. Horst hatte sich rasch die Unterhose übergestreift, kam ihr nachgeeilt, blieb vor ihr stehen.

„Das hat nichts zu bedeuten, Katharina", hatte er gesagt. Da war sie aufgesprungen, hatte ihm eine gescheuert, gesagt: „Cornuto! Du Schweinehund! Sei froh, dass ich meine Pistole nicht dabeihabe! Morgen, wenn du nicht hier bist, packe ich meine Sachen. Ich will dich nicht mehr sehen."

Sie hatte ihr Smartphone gegriffen, die Wohnung verlassen, war ein paar hundert Meter mit ihrem Wagen gefahren, hatte den Parkplatz eines nahe gelegenen Supermarkts angesteuert, den roten Fiat dort geparkt, war eine ganze Stunde im Auto sitzen geblieben. Danach hatte sie sich ein Hotel in Bonn gesucht. Als sie am Nachmittag wieder im Kommissariat erschien, war Brandt Gott sei Dank nicht da und konnte nichts fragen. Wahrscheinlich hätte er bemerkt, was mit ihr los war. Am nächsten Tag war sie zur Mittagszeit zur Wohnung gefahren, sah, dass der Wagen von Horst nicht vor der Tür stand. Sie hatte eine Reisetasche gepackt. Was sie an persönlichen Sachen besaß, würde sie später abholen. Wenn überhaupt. Zwei Tage später hatte sie das Monteurzimmer in Beuel gefunden. Eine Zwischenlösung.

Horst hatte ein paar Mal angerufen, aber sie hatte seinen Anruf weggedrückt. Sie wollte seine Beteuerungen nicht hören. Sie hatte ihm nur eine SMS geschickt. „Wage es nicht, mich vor dem Präsidium abzupassen!"

Er hatte sich daran gehalten. Ihr Satz „Sei froh, dass ich meine Pistole nicht dabeihabe", schien ihn abzuschrecken. Oder aber er tröstete sich mit Yvonne, dieser Schlampe. „Mich verletzt kein Mann mehr!" hatte sie gedacht. „Nie wieder!"

Jetzt, an diesem Abend, fühlte sie sich zum ersten Mal etwas besser. Ob das an der Gesellschaft von Konrad Brandt lag? Auf jeden Fall hatte er sie von ihrem Kummer abgelenkt. Mit ihm an den Bodensee zu fahren, würde ihr guttun. Der hatte in seinem Alter alle Eskapaden hinter sich, wirkte gelassen und ruhig. Beruhigend wie ein väterlicher Freund. Ein paar Mal hatte sie mit ihm auch Tennis gespielt, sich gewundert, wie man in dem Alter noch laufen konnte. Bei ihren Stoppbällen war er blitzschnell am Netz gewesen, hatte mit einem Gegenstopp geantwortet. Sie war da nur erstaunt an der Grundlinie stehen geblieben. Eigentlich schade, dass er schon so alt war! Dass das Berufsleben einmal vorbei sein konnte, war für sie nur eine weit entfernte theoretische Vorstellung. Ihrem Kollegen aber schien dieses Ende des Lebensabschnittes überhaupt nicht zu schmecken.

„Seltsam", dachte sie. „Eigentlich müsste er sich doch freuen, wenn er endlich machen kann, was er will."

23

Um acht war Brandt in Beuel, holte seine Kollegin ab. Als er sie mit einem „Guten Morgen!" begrüßte, meinte sie: „Oh, du klingst etwas erkältet. Vom Biergarten gestern Abend?"

„Nein. Davon nicht. Ich war noch zu lange auf meiner Terrasse."

Im Kommissariat nahm sich Katharina Achenbachs Computer vor. „Bis auf die Mails vom Mai", sagte sie nach einer Weile, „ist alles gelöscht. Im Papierkorb befindet sich nichts. Abgesehen von einer Menge Spams haben wir nur sechs Mails. Vier Manuskriptsendungen beziehungsweise Exposés und Probekapitel, eine Mail vom Penthesilea-Verlag und eine von der Telekom. Rechnung für das Internet. Und nur dafür. Nicht für das Handy. Von Martha Engelreich nichts. Aber die Nachricht vom Verlag ist interessant. Die ist vom 2. Mai."

„Lies bitte vor!"

„Lieber Herr Achenbach, ich freue mich, dass unsere Autorin Martha Engelreich nicht nur nominiert wurde, sondern jetzt von der Jury für das beste Romandebüt ausgewählt wurde. Die Preisverleihung ist am Freitag, den 1. Juni um 17 Uhr im Konstanzer ‚Konzil'. Bitte informieren Sie Frau Engelreich, damit sie sich diesen Termin freihält. Mit herzlichen Grüßen, Ihre Alice Waigel."

„1. Juni?" fragte Brandt überrascht. „Das ist ja schon in ein paar Tagen. Aber warum läuft dieser Kontakt über Achenbach? Das kann der Verlag doch selbst machen."

„Eben nicht. Steht ja in dem Vertrag, dass alle Kontakte über Achenbach laufen müssen. Der Verlag könnte sich sonst ja direkt an die Autorin wenden. Bitte schreiben Sie einen zweiten Roman. Die Agentur brauchen wir dieses Mal nicht. Dann bekommen Sie ein höheres Honorar."

„Gut. Leuchtet mir ein. Obwohl... Engelreich selbst könnte sich an den Verlag wenden. Ich habe einen zweiten Roman geschrieben. Achenbach kann diesen direkten Kontakt nicht verhindern."

„Vielleicht doch. Wir haben leider nicht den Vertrag zwischen Achenbach und Engelreich. Da könnte solch eine Klausel drinstehen. Dass eben jeder Kontakt nur über ihn läuft. Vielleicht hat er den Vertrag mitgenommen, um Konditionen zu ändern."

„Seltsam", meinte Brandt, „dass er sich die Adresse von Marita Brückner aufschreibt. Er wird sie ja wegen ihrem Mann kaum besuchen können. Und ausgerechnet die seiner Autorin findet sich nicht in dem Adressbuch. Warum?"

„Er hat sie anderswo notiert. Laptop, Notebook, Smartphone. Ein zweites Notizbuch. Oder er hat die Daten eben im Kopf."

„Hat Achenbach auf die Mail vom Verlag geantwortet?"

„Augenblick. Ja. Unter ‚gesendet' ist nur diese eine Mail. Die ist an den Verlag. Er hat sich kurz gefasst."

Die Kommissarin las vor: „Sehr geehrte Frau Waigel! Sehr schön. Darauf können wir stolz sein. Ich werde Frau Engelreich umgehend benachrichtigen. Mit freundlichen Grüßen, Literaturagentur Arnold Achenbach."

„Sehr geehrte Frau Waigel", wiederholte Brandt. „Das ist sehr förmlich, geschäftsmäßig. Ein persönliches Verhältnis scheinen die nicht zu haben. Das hat er wohl eher zu Martha Engelreich.

Was ist mit Fingerabdrücken auf dem Computer? Was sagt der Bericht der Spurensicherung?" fragte Brandt.

„Nichts. Nur die von Achenbach. Keine anderen."

„Dieses Adressbuch von Achenbach ist doch gelocht. Kann es sein, dass unter dem Register ‚E' ein Blatt entfernt wurde?"

„Möglich. Aber dann müssten wir wissen, wie viele Blätter ursprünglich unter ‚E' waren. Das ist bei den Buchstaben unterschiedlich. Bei ‚A' haben wir fünf Blätter, bei ‚Y' nur zwei. Blätter mit alten Adressen, die er nicht mehr braucht, kann Achenbach selbst entfernt haben."

„Und Fingerabdrücke?"

„Nur die von Achenbach. Das heißt aber nichts. Hat jemand ein Blatt entfernt, kann er oder sie Handschuhe getragen haben."

„Käme nur Engelreich selbst in Frage", meinte der Kommissar. „Wer sonst sollte ein Interesse daran haben? Angenommen, sie ist in den Fall verwickelt. Sie trifft sich mit Achenbach, zieht ihm am Rheindamm etwas über den Kopf, leert seine Taschen aus, Handy, Papiere, nimmt die Schlüssel an sich, schleift ihn ins Wasser, fährt nach Bonn in seine Wohnung. Hier nimmt sie den Vertrag aus dem Ordner, entfernt das Blatt aus dem Adressbuch."

„Warum sollte sie in seine Wohnung?" wandte die Kommissarin ein. „Mit Achenbachs Tod sind auch die Exklusivrechte nichtig. Die Reise kann sie sich sparen."

„Achenbach könnte Erben haben."

„Er hat keine."

„Das weiß Engelreich nicht. Um eine Fahrt an den Bodensee kommen wir nicht herum. Wenigstens zwei oder drei Übernachtungen dort. Am besten in Radolfzell. Und am besten, wenn es geht, in Achenbachs Ferienwohnung. Falls du nichts dagegen hast und es getrennte Schlafgelegenheiten gibt. Mir reicht eine Wohnzimmercouch."

„Meinetwegen", antwortete Katharina. „Warum nicht! Ist die Wohnung denn noch frei? Am Donnerstag ist Fronleichnam. Es gibt ein verlängertes Wochenende. Der Bodensee ist beliebt."

„Die ist noch frei. Ich habe schon nachgefragt."

24

„Wir fahren morgen früh", sagte Brandt zum PP, nachdem er ihn über den Ermittlungsstand unterrichtet hatte.

Kessenich verzog das Gesicht. „Nun ja, da hast du, was du wolltest. Aber gut, die Lage der Dinge spricht dafür. Habt ihr denn keine Möglichkeit, Adresse und Telefonnummer dieser Engelreich herauszubekommen? Vielleicht war sie auf Kreuzfahrt, kann es gar nicht gewesen sein. Dann könnt ihr euch die Reise schenken."

„Selbst dann nicht", widersprach Brandt. „Wir müssen auch den Verlag kennen lernen und mit der Vermieterin von Achenbachs Pension sprechen. Die Konstanzer waren schlampig."

„Aber ruft doch bei dem Verlag an. Die müssen die Adresse ihrer Bestsellerautorin kennen."

„Habe ich dir doch erklärt, warum wir da nicht anrufen. Erstens bitten sie Achenbach, die Autorin über die Preisverleihung zu informieren. Das lässt doch nur den Rückschluss zu, dass sie die Adresse nicht haben. Zweitens möchten wir überraschend auftauchen, bevor die sich irgendwelche Geschichten überlegen können. Wir wissen ja nicht, was da für ein Geflecht zwischen Achenbach, dem Verlag und der Autorin vorliegt. Unbekannt, mein Lieber. Und alles möglich. Die Preisverleihung ist ja schon in drei Tagen. Da werden wir Engelreich treffen.'"

Kessenich ließ nicht locker. „Was ist mit dem Zentralregister der Einwohnermeldeämter? Nach dem neuen Bundesmeldegesetz sind die ja verpflichtet sich zu vernetzen."

„Ja. Aber nur auf Landesebene. Und da ist es noch unvollständig. Für Baden-Württemberg haben wir das selbstverständlich gemacht. Fehlanzeige. Engelreich wohnt womöglich woanders. Vielleicht sogar in Österreich oder der Schweiz. Bevor wir die Meldeämter durchgekämmt haben, sind wir dreimal am Bodensee gewesen."

„Und ‚Facebook'?"

„Nichts. Die Autorin ist vernünftig. Wenigstens in dieser Beziehung."

„Habt ihr mit den Konstanzer Kollegen gesprochen?"

„Nein. Machen wir nicht. Die Befragung der Vermieterin, der Frau Wöhler, ist so oberflächlich und kurz, da merkst du direkt, die wollten den Fall nur abgeben."

„Was ist denn mit diesem Reichsbürger?"

„Wir sehen bei ihm kein Motiv. Und was Brückner und Kampe betrifft, die haben ein Alibi.

Der Bodensee hat jetzt Vorrang. Da haben wir alle versammelt. Die Verlagsmannschaft und Frau Engelreich. Gib deinen Widerstand auf! Wir müssen fahren."

Der PP rieb sich das Kinn. „So, so ihr müsst. Ihr wohnt wo?"

„Ferienwohnung Wöhler. Da wo Achenbach war."

„Ferienwohnung. Mit Katharina zusammen?"

„Na und! Wir verstehen uns gut, aber sonst ist da nichts. Es gibt ein Schlafzimmer und einen Wohnraum mit Ausziehsofa. Ferienwohnung spart Kosten, ist billiger als zwei Zimmer im Hotel. Mach dir da bitte keine Gedanken."

„Dein Wort in Gottes Ohr! Aber ich glaube, der liebe Gott hört bei dir weg. Mir wäre lieber, du würdest den Kollegen Brauweiler mitnehmen."

„Nichts gegen Brauweiler. Willst du Katharina jetzt von dem Fall abziehen? Sie ist alt genug, weiß, was sie tut oder lässt. Ich brauche sie als Kollegin. Sie hat eine brillante Logik und ein ausgezeichnetes Gespür, ob jemand die Wahrheit sagt oder nicht. Und außerdem, mein Lieber, gönne mir doch bitte zum Abschluss meiner Laufbahn eine Dienstreise in angenehmer Gesellschaft."

Kessenich seufzte, winkte ab. „Meinetwegen. Wann seid ihr wieder zurück?"

Brandt hob die Schultern. „Woher sollen wir das wissen? Vielleicht schon am Samstag. Vielleicht auch später. Außerdem wollen wir auch nach Schaffhausen, den Tatort besichtigen."

„Den kennt man nicht. Achenbach ist zwischen Schleuse und Wasserfall in den Rhein gekommen."

„Keine Schleuse. Stauwehr. Da fahren keine Schiffe durch. Die Schweizer waren froh, den Fall nach Konstanz zu geben. Die haben nicht nach einem Tatort gesucht. Die drei Kilometer zwischen Stauwehr und Wasserfall abzugehen, war denen zu mühsam. Jetzt ist es wahrscheinlich zu spät. Aber wir werden es trotzdem nachholen."

„Schon gut, schon gut! Ich bin froh, dass Achenbach nicht bei den Niagara-Fällen ums Leben gekommen ist. Dann würde ich euch wohl erst in vier Wochen wiedersehen."

Kessenich sah auf die Uhr. „Es ist elf", sagte er. „Magst du auch einen Glenfiddich?"

„Nein. Heute nicht. Ach ja, eins noch. Dass schaffen wir nicht mehr. Brauweiler soll versuchen, Achenbachs Telefonanbieter zu finden. Er darf sich nicht mit Erklärungen zum Datenschutz abspeisen lassen. Vielleicht kriegen wir heraus, mit wem er zuletzt telefoniert hat. Ich weiß, ist eine Sisyphos-Arbeit. Aber auch dieser Spur müssen wir nachgehen."

25

„Nun, ist er einverstanden?" fragte Katharina.

„Notgedrungen. Aber er hat rumgemosert", antwortete Brandt. „Wegen der Ferienwohnung."

„Und? Wie hast du's ihm erklärt?"

„Er soll mich meinen letzten Fall in angenehmer Gesellschaft verbringen lassen. Ich habe ihm gesagt, dass eine Ferienwohnung billiger ist als zwei Hotelzimmer. Außerdem gebe es zwei getrennte Schlafgelegenheiten. Was der sich für Sorgen macht!"

Sie sah ihn mit einem schelmischen Lächeln an.

Konrad Brandt wusste sich das nicht zu deuten, schien verlegen, knurrte nur: „Wirklich albern!" und fuhr dann fort: „Die Pension bietet sich ja schon allein deshalb an, weil Achenbach dort wohnte. Wir können diese Frau Wöhler unauffällig unter die Lupe nehmen. Immerhin besteht die Möglichkeit, dass Achenbach mit einem hübschen Betrag an Bargeld dort aufgetaucht ist und das Geld auf eine Schweizer Bank bringen wollte. Sie könnte davon gewusst haben."

„Das hast du ihm auch erklärt?"

„Nein. Es ist nur eine vage Möglichkeit. Eher eine abwegige Spekulation. Schließlich hat sie ihn als vermisst gemeldet. Das hätte sie als Täterin wohl kaum getan."

„Sag das nicht. Das hat es schon öfter gegeben. Erst wird jemand beseitigt und dann, um den Schein der Unschuld zu wahren, als vermisst gemeldet. Vielleicht hat sie nicht damit gerechnet, dass er gefunden wird. Oder sie hat sich gedacht, dass die Schweizer nicht grenzübergreifend ermitteln."

„Haben sie aber. Die am Bodensee arbeiten eng zusammen. Dass muss sie einkalkulieren. Eine Wasserleiche im Rhein verschwindet nicht so einfach. Vor allem nicht da, wo der Rhein noch nicht so breit ist. Die Strömung ist bestimmt auch stärker als hier in Bonn. Bei der Frau Wöhler setze ich mehr auf Hinweise, die uns weiterhelfen."

Der Kommissar sah auf die Uhr. „Was hat die Spurensicherung in Achenbachs Wohnung ergeben?" fragte er.

„Noch nichts Konkretes. Nur jede Menge Fingerabdrücke. Natürlich. Die meisten wohl von Achenbach. Die davon abweichen dürften von

Wagner, Brückner und Kampe sein. An den Aktenordnern und am Schreibtisch nur die gleichen. Die müssen von Achenbach sein. Wagner hat dort nichts angefasst, die Post brav auf den Schreibtisch gelegt. Die können ja nicht jeden Gegenstand in der Wohnung abpinseln. Rottmann können wir streichen. Es sei denn, er hat Handschuhe getragen."

„Wir sollten uns den Knaben noch einmal ansehen, bevor wir an den Bodensee fahren. Zeit ist ja noch."

„Er wird uns nicht in seine Wohnung lassen", wandte Katharina ein. „Reichsgebiet. Für eine Durchsuchung bekommen wir kein grünes Licht."

„Trotzdem", meinte Brandt. „Der ist mir nicht ganz geheuer. Wir sollten ihn zumindest nervös machen. So ein seriös wirkender Literaturagent und dann ein Reichsbürger in seinem Haus! Ist doch irgendwie merkwürdig. Ich möchte auch die Fingerabdrücke von Rottmann für einen Abgleich haben."

„Willst du ihn vorladen?"

„Nein. Die Abdrücke nehmen wir von dem Knauf an seiner Wohnungstür. Ach ja, und setze bitte deinen weiblichen Charme ein. Von Wagner brauchen wir noch ein Foto. Das zeigen wir der Frau Wöhler in Radolfzell. Die Fotos von den Brückners, Kampe und Rottmann haben wir ja im Internet, ziehen sie aber, bevor sie gelöscht werden könnten, aufs Smartphone. Dann können wir der eine ganze Galerie vorlegen."

Als sie das Haus ‚Am Eichenkamp' erreichten, war Wagner im Vorgarten mit dem Gießen der Rosenstöcke beschäftigt. Die Haustür stand offen.

„Sie wollen zu mir?" fragte er.

„Nein, zu Herrn Rottmann."

„Der ist nicht da. Der hat heute Morgen das Haus verlassen. Mit einem großen Rucksack. Sah nach einer längeren Reise aus."

„Sie haben mit ihm gesprochen?"

„Nein. Mit dem spreche ich nicht."

Brandt stieß Katharina mit dem Ellenbogen leicht in die Seite, wandte sich aber Wagner zu.

„Herr Wagner, meine Kollegin hat noch ein paar Fragen zu Herrn Achenbach. Ich muss noch einmal in seine Wohnung. Sie haben den Schlüssel dabei?"

„Ja."

„Dann geben Sie ihn mir bitte noch einmal. Frau Luca unterhält sich in der Zwischenzeit mit Ihnen."

„Wenn Sie meinen."

Wagner holte einen Schlüsselbund aus seiner Hosentasche, löste einen der Schlüssel, gab ihn dem Kommissar. Der nahm ihn, ging ins Haus. Aber er ging nicht zu Achenbachs Wohnung, sondern zwei Etagen höher. Hier klopfte er an die Tür, wartete einen Moment. Niemand öffnete. Er nahm eine Plastikkarte, zog sie mit einem Ruck durch den schmalen Spalt zwischen Rahmen und Schloss. Die Tür sprang auf. Rottmann hatte nicht abgeschlossen.

26

Im Flur wurde Brandt von einem großformatigen Bismarck-Porträt empfangen. Daneben hing ein ebenso großes von Kaiser Wilhelm. „Der erste oder der zweite?" überlegte der Kommissar. Er wusste es nicht. Rottmann war der erste Reichsbürger, den er getroffen hatte. Die

Szene war in Bonn bislang eher unauffällig gewesen. Im Gegensatz zu den Salafisten, die mehr Probleme bereiteten. Über der Tür zum Wohnzimmer hing eine rot-weiß-schwarze Flagge mit dem Eisernen Kreuz in der Mitte. An der Tür selbst war ein Blechschild angebracht ‚Deutsches Kaiserreich'. Der Raum war spärlich eingerichtet, wurde beherrscht von einem dunkelbraunen Tisch mit Stühlen rundherum. Am Fenster, von dem aus man in den Garten sah, stand ein Schreibtisch mit Bürostuhl. Auf dem Schreibtisch ein Computer, Monitor, Tastatur und ein Stapel Post.

Brandt überflog die Briefe. Es waren Mahnungen über Rundfunkgebühren, Inkassoforderungen, ein Schreiben vom Amtsgericht mit einem Termin Mitte Juni wegen Fahren ohne Fahrerlaubnis und Urkundenfälschung. Für den 4. Juni kündete sich der Gerichtsvollzieher an. Mitten in dem Stapel steckte ein Schreiben von Achenbach mit der Kündigung der Wohnung. Das Papier trug das Datum vom 10. Mai. Rottmann wurde aufgefordert, die Wohnung bis spätestens zum 9. Juli verlassen zu haben. Ein Grund war nicht angegeben. Auf jeden Fall brannte für den Reichsbürger die Hütte. Der steckte ringsum in Problemen. Nach einem ordentlichen Studium sah die Wohnung nicht aus. Irgendwelche Fachbücher Fehlanzeige. Dafür in einem Regal eine dicke Bismarck-Biographie, ein Buch mit dem Titel ‚Exilregierung Deutsches Reich', ‚Reise durch Ostpreußen', ‚Marionettenregierung Berlin', ‚Freies Deutschland – Hoheitsgebiet' und Hitlers ‚Mein Kampf'. Nach Spinner und harmlosem Querulantentum sah das nicht mehr aus.

Rottmann hatte eine Zweizimmerwohnung mit Küche und Bad. Der Kommissar warf einen kurzen Blick in die Küche. Teller stapelten sich in der Spüle. Auf dem Elektroherd stand ein Topf mit einem Rest Ravioli, ein Abfalleimer quoll über. Verließ man so eine Küche, wenn man sich mit einem Rucksack auf eine Reise begab? Was hatte Rottmann vor? Floh er vor dem Gerichtsvollzieher, der mit der Polizei erscheinen würde? Kein Gerichtsvollzieher kam ohne Polizeischutz zu einem Reichsbürger.

Brandt öffnete die Tür zum zweiten Raum, dem Schlafzimmer. Auch hier eine karge Einrichtung. Ein Doppelbett, auf dem ein aufgerollter Schlafsack lag. Ein Kleiderschrank Marke Ikea. Der Kommissar zog die Tür auf. Ein paar Jacken, Hosen und Hemden hingen auf Bügeln an einer Stange. Sein Blick fiel sofort auf den Schrankboden. Hier stand eine hölzerne Munitionskiste mit metallischen, angerosteten Klippverschlüssen. An der Vorderseite der Kiste war ein braun verfleckter Aufkleber: ‚MP-4, SKRZYN. Nr. 298'. Er löste die beiden Klippverschlüsse, hob den Deckel, sah in die Kiste. Schlagringe, Butterflymesser, Pfefferspray, ein Elektroschocker und drei Pistolen. Eine Jaguarmatic, eine Heckler und Koch, eine Walther P22Q. Und unübersehbar war eine MP7 der Bundeswehr, eine Maschinenpistole. Rottmann musste sich die Waffen aus dem Darknet beschafft haben.

Einen Moment überlegte der Kommissar. Er war ohne Durchsuchungsbeschluss in die Wohnung eingebrochen. Aber kam es jetzt darauf an? Er würde behaupten, Rottmann habe die Tür nicht richtig zugeschlagen. Die wäre angelehnt gewesen.

Den Verfassungsschutz informieren? Wann würden die kommen? War nicht Gefahr im Verzug? Was hatte Rottmann vor? Was war in dem Rucksack, mit dem er das Haus verlassen hatte? War er wirklich zu einer Reise aufgebrochen? Wann kam er zurück und würde von Wagner erfahren, dass die Polizei noch einmal dagewesen war? Nein, da war nichts abzuwarten. Rottmann musste zur Fahndung ausgeschrieben werden. Der war eine tickende Zeitbombe. Die Spurensicherung hatte zu kommen. Die Kiste und auch der Computer waren zu beschlagnahmen. Das war nicht nur etwas für den Verfassungsschutz. Rottmann konnte auch in den Fall Achenbach verwickelt sein. Und der war für das K11 in Bonn. Noch in der Wohnung rief der Kommissar die Spurensicherung an.

27

„Glaubst du, dass Rottmann mit unserem Fall zu tun hat?" fragte Katharina.

„Eher nicht", meinte Brandt. „Dann müsste Achenbach in der Wohnung gewesen sein, die Waffen entdeckt haben. Einen Schlüssel hat er ja als Vermieter. Aber dann frage ich mich, warum er nicht die Polizei oder den Verfassungsschutz alarmiert hat. Stattdessen belässt er es bei einer fristgemäßen Kündigung. Das sieht eher nach Ahnungslosigkeit aus."

Sie standen vor dem Haus, warteten auf die Spurensicherung. Wagner machte sich weiter an den Rosen zu schaffen, schnitt einzelne Triebe ab, was wahrscheinlich unnötig war. Er war neugierig, was passieren würde. Brandt hatte ihm nur mitgeteilt, dass die Spurensicherung noch einmal kommen würde. Warum, hatte er verschwiegen.

„Wir werden das Haus bewachen lassen", meinte der Kommissar zu seiner Kollegin. „Es könnte sein, dass Rottmann nicht auf eine längere Tour gegangen ist, sondern bald zurückkehrt. Dann wird er sofort festgenommen. Hast du etwas Neues von Wagner erfahren?"

„Nein. War ja nur ein Trick von dir, um unbeobachtet in die Wohnung zu kommen. Er hat wiederholt, was er uns gestern schon gesagt hat. Mehr ist ihm nicht eingefallen."

„Und das Foto?"

„Kein Problem. Er war einverstanden. Ich habe ihm gesagt, wir müssten überprüfen, ob er in Radolfzell gewesen ist. ,Nie im Leben!' hat er gesagt. Für das Foto hat er freundlich gelächelt, vorher sogar einen Kamm aus der Hosentasche gezogen, sich die Haare gekämmt."

Der Wagen mit der Spurensicherung kam. Brandt gab Anweisungen, telefonierte dann mit dem PP, informierte ihn über den Waffenfund. Er hatte sich mit Katharina in den Wagen gesetzt. Wagner sollte nicht mithören können.

„Stell bitte Brauweiler und noch einen Kollegen für die Überwachung ab. Wir warten hier solange. Und ruf beim Verfassungsschutz an. Den Computer können die sich bei uns abholen."

„Ihr wollt wirklich fahren?"

„Aber ja doch. Morgen früh."

„Und wenn Rottmann doch…"

„Glaube ich nicht", unterbrach ihn der Kommissar. „Das ist ein Beifang für den Verfassungsschutz."

„Das sehe ich anders. Rottmann hat die Gelegenheit genutzt, um Achenbach fernab von Bonn zu beseitigen."

„Weswegen? Wegen der Kündigung?"

„Achenbach wird etwas gewusst haben."

„Rottmann läuft uns nicht weg."

„Du vernachlässigst das Naheliegende. Ich habe selbst recherchiert. Rottmann ist in Singen geboren. Das liegt nur zehn Kilometer von Radolfzell entfernt. Er hat dort bis vor fünf Jahren gewohnt. Er kennt sich aus in der Gegend."

„Schön! Dann müssen wir ja erst recht fahren. Bitte benachrichtige uns sofort, wenn Rottmann gefasst ist. Wir melden uns vom Bodensee."

Damit war das Gespräch beendet.

„Er gönnt uns den Urlaub nicht", meinte Brandt mit einem Lächeln zu Katharina. „Wäre er nicht hüftsteif, würde er lieber selbst mit dir fahren."

28

Sie hatten sich für den Dienstwagen entschieden, einen dunkelblauen BMW 340i Gran Turismo. Sie hörten den Verkehrsfunk ab, waren auf der A8, kamen vor dem Stuttgarter Kreuz in einen Stau. 18 Kilometer. Ein Gefahrgut-Transporter war umgekippt. Bei Filderstadt. Das würde dauern.

Katharina fuhr.

„Das müssen wir uns nicht antun!" schimpfte sie. „Bis zum Kreuz sind es nur noch zwei Kilometer. Da müssen wir abbiegen auf die A81 Richtung Sindelfingen. Die ist frei."

Sie pflanzte das Blaulicht auf, schaltete es an. Auch das Signalhorn.

„Wir sind in Baden-Württemberg", wandte Brandt ein. „Könnte Ärger geben."

„Ach was! Wir tun jetzt so, als seien wir im Deutschen Reich."

„Wie du meinst!"

Der Kommissar lächelte, als sich eine Gasse in der Mitte der Autobahn bildete, durch die sie bis zur Abfahrt Richtung Sindelfingen kamen.

„Siehst du, geht doch!" meinte Katharina. Sie holte das Blaulicht vom Dach, schaltete das Signalhorn ab. „Was hattest du mich eben gefragt? Ach so, ja, woher der Name Luca kommt. Interessiert dich das?"

„Aber ja!"

„Ist italienisch."

„Weiß ich doch. Ich meine, ob der Name etwas mit der Stadt in der Toskana zu tun hat."

„Möglich. Vielleicht von den Vorfahren her. Die Eltern kommen aber aus Messina."

„Große Familie?"

„Fünf Brüder. Sei also vorsichtig!"

„Warum vorsichtig?"

Sie lachte, beantwortete seine Frage nicht.

„Lustig!" sagte Brandt. „Eine Italienerin, die für Nordrhein-Westfalen zuständig ist, schaltet in Baden-Württemberg das Blaulicht an."

„Italienerin? Ich bin hier geboren."

„War doch als Kompliment gemeint. Wann sind deine Eltern nach Deutschland gekommen?"

„1975. Da hatte Italien seine schlimmste Wirtschaftskrise. Nur in den Bereichen Mode, Film, Design und Musik nicht. Mein Vater hatte in einer Brotfabrik in Messina gearbeitet. In Bottrop dann zunächst im Bergbau. Danach hat er den Sprung in die Selbstständigkeit gewagt. Mit einer Eisdiele in

Bottrop. War gut so. Wir machen das beste Eis im Ruhrgebiet."

„Wie alt waren deine Eltern, als sie nach Deutschland gekommen sind?"

„Der Vater 23, die Mutter 20. Jetzt kannst du dir ausrechnen, wie alt sie sind."

„Nicht schwer. Ungefähr so alt wie ich. Na gut! Anderes Thema. Morgen treffen wir auf den Verlag. Hast du dich mal bei dem Programm umgesehen?"

„Ein bisschen. Frauenliteratur eben. Manches ist kurios."

„Zum Beispiel?"

„Eine der Autorinnen will zum Umweltschutz beitragen und fordert die Frauen auf, keine Kinder mehr zu kriegen. Sie hat sogar ausgerechnet, wieviel Tonnen Kohlendioxid dadurch gespart werden."

„Eisbär und Co freuen sich", kommentierte der Kommissar. „Dann ist der Mensch weg. Sie meint das ernst?"

„Offensichtlich. Sie spaltet damit die Feministinnen. Die einen klatschen Beifall, die anderen sind dagegen."

„Und du?"

„Blödsinn! Ich interessiere mich nicht für Frauenliteratur. Wäre ich in Saudi-Arabien oder im Iran, wäre das etwas anderes. Hier übertreiben die Weiber. Du hast Erfahrung damit?"

Brandt überlegte kurz. Wie weit konnte er unverfänglich aus dem Nähkästchen plaudern? Er saß nicht an einem Herrenstammtisch. Sicher, das hatte es schon gegeben. Damen, auf deren Toilette der Hinweis angebracht war: „Wir müssen uns hinhocken!" Oder auch solche, die nachts lieber diskutierten, anstatt sich auf eine nonverbale Kommunikation einzulassen. Der Kommissar schüttelte den Kopf.

„Nein, eigentlich weniger. Man kann sich das Glück ja aussuchen."

„Hast du?"

„Früher mal."

Ein Seitenblick traf ihn. „Du redest nicht gerne darüber?"

„Was soll ich darüber erzählen? Es ist Vergangenheit. Erzähl lieber von deiner Familie. Von den fünf Brüdern. Was machen sie? Sie sind älter als du?"

„Ja. Ich bin ein weiblicher Nachläufer. Ist eigentlich ganz angenehm. Also, Lorenzo, der Älteste, hat eine eigene Autowerkstatt, Domenico, der zweite, arbeitet als Zimmermann, Matteo ist Lehrer geworden, Giovanni Anwalt und Marco macht Kummer. Der hatte es sich in den Kopf gesetzt, Tennisprofi zu werden, hat die Schule geschmissen. Aber aus der Karriere ist nichts geworden. Jetzt sitzt er auf dem Arbeitsamt und sucht einen Job. Mit der Eisdiele will er nichts zu tun haben, obwohl unser Vater ihm das immer anbietet. Du siehst also, eine bunt gemischte Familie. Wir sollten einmal Eis essen gehen."

„Und die Mutter?"

„Ist mit dem Vater verheiratet. Eigentlich schade für dich." Ein schelmischer Seitenblick traf ihn.

„Sorry. Also die Mama macht die Kasse in der Eisdiele. Das ist die Chefin in der Familie."

So verging die Zeit kurzweilig bis zur Abfahrt nach Radolfzell. Katharina erzählte von ihrer Familie. In einer italienischen Familie passierte viel.

Einmal wollte sie von Brandt wissen, wie das damals in Spanien war.

„Warum ist das denn schiefgegangen?"

Aber wieder gab der Kommissar sich lakonisch.

„Ist einfach so passiert."

Er konnte es nicht sagen, durfte es nicht sagen. Nicht nach Katharinas Erlebnis mit Horst, als sie ihn in Flagranti erwischt hatte. Die Szene von damals hatte er nur als eigenes Bild vor Augen. Es war seine Schuld, dass Elena ihn vom Hof geschmissen hatte. Wegen dieser polnischen Arbeiterin, die sich um die Schweine und die Kühe kümmerte. Sie war keine besondere Schönheit, hatte aber etwas aufreizend Erotisches, eine Frau von festem Fleisch und sehniger Tüchtigkeit. Sie trieb die Kühe resolut zum Melkstand, reinigte und desinfizierte die Zitzen, legte die Melkbecher an, molk mit energischen, gekonnten Handbewegungen, massierte, wenn die Kuh ausgemolken war, die Euter.

Sie sprach kaum Spanisch, kein Englisch und nur ein paar deutsche Brocken. Er hatte sie eines Abends getroffen, als sie auf dem Melkschemel saß und gerade die Becher von den Zitzen löste. Er hatte eine Unterhaltung versucht und wenigstens so viel verstanden, dass sie jeden Tag um die Mittagszeit mit ihrem Moped zu einer warmen Quelle in der Nähe fuhr. Unterhalb der Quelle war eine Wanne im Felsen. Da badete sie immer. Am nächsten Tag war er dorthin gefahren. Eigentlich nur, um die Quelle zu sehen. Aber wie die Frau so da lag und ihn anschaute, hatte er nicht widerstehen können. Sein Pech war nur, dass Elena das Gespräch vom Abend vorher mitbekommen hatte und ihm gefolgt war.

Das durfte er Katharina nicht erzählen. Auch wenn es schon viele Jahre her war.

29

„Sauber, gepflegt, gutbürgerlich", kommentierte Brandt die Straße und die Häuser am Nordende von Radolfzell. „Nicht unbedingt meine Vorliebe, aber halt die von Achenbach. Porzellanrehlein im Vorgarten und ein grinsender zipfelmütziger Zwerg. Nun ja."

„Aber besser als mein Monteurzimmer", meinte Katharina, als Frau Wöhler sie die Treppe hoch in die Ferienwohnung geführt hatte. Die Kommissarin war zuerst auf den überdachten Balkon gegangen.

„Doch, ganz nett! Blick in den Garten, auf Obstbäume und einen Rasen mit Gänseblümchen."

Sie hatten unten zuerst den Meldezettel ausfüllen müssen. Frau Wöhler, die Brandt auf etwa 75 Jahre schätzte, musterte sie kritisch, als sie zwei unterschiedliche Familiennamen las, sagte aber nichts. Vielleicht galt ihr kritischer Blick auch dem augenfälligen Altersunterschied. Oben in der Wohnung wurden sie eingewiesen. Bedienung des Fernsehers, der Küchengeräte, Kühlschrank nicht höher als Stufe drei, Rauchen nur auf dem Balkon und: „Bitte immer, wenn Sie unterwegs sind, die Haustür nicht nur ins Schloss fallen lassen, sondern zweimal abschließen. Sie bekommen von mir nachher auch einen Stadtplan und einen Ausweis für den Bus. Damit können Sie umsonst in der ganzen Stadt fahren. Die Haltestelle ist nur hundert Meter von hier, in der Nordendstraße. Die Busse fahren alle zum Bahnhof. Da können Sie sich nicht vertun."

Als sie wieder nach unten gegangen war, sagte Katharina: „Die können wir von der Liste der Verdächtigen streichen. Sie ist sehr ordentlich, gewissenhaft und etwas ängstlich. Wahrscheinlich wohnt sie allein in dem Haus. Die füttert eher Enten, als dass sie jemanden in den Rhein befördert. Jetzt aber erst mal eine Tasse Kaffee. Dann gehen wir zu ihr und befragen sie."

Brandt ging in die Küche, durchsuchte die Schränke. „Ist aber kein Kaffee da", stellte er enttäuscht fest.

„Doch!" sagte Katharina. „Ich habe welchen mitgebracht. Setz dich auf den Balkon, lass dich bedienen! Unsere Pistolen können wir oben im Kleiderschrank ablegen. Die Frau ängstigt sich ja zu Tode, wenn sie uns bewaffnet sieht. Jetzt sind wir erst einmal privat."

Eine halbe Stunde später saßen sie bei Frau Wöhler im Wohnzimmer. Brandt hatte ihr erklärt, dass sie gekommen waren, nicht weil Radolfzell so schön sei, sondern wegen Achenbach.

„Aber das habe ich doch schon alles den Polizisten aus Konstanz erzählt", sagte sie. „Schrecklich! Was war denn mit Herrn Achenbach? Ein Unglück?"

„Wissen wir noch nicht. Aber eher unwahrscheinlich." Katharina Luca übernahm das Gespräch, während Brandt nur zuhörte.

„Wie war das", fragte die Kommissarin, „als Herr Achenbach bei Ihnen ankam? Das war ja am Freitag, den 18. Mai. Wann genau ist er gekommen?"

„Am Nachmittag gegen vier Uhr. Er ist mit einem Taxi gekommen. Vom Bahnhof."

„Was hatte er dabei? Eine Tasche mit Laptop etwa?"

„Nein, nur eine Reisetasche. Eine braune aus Leder."

„Wo ist diese Tasche? Die Kollegen aus Konstanz haben sie mitgenommen?"

„Nein. Sie haben nur reingeguckt, haben sie aber hiergelassen, gesagt, da kümmert sich noch jemand drum. Sie wollten sie nicht mitnehmen. Ich habe sie in der Besenkammer abgestellt."

Brandt schüttelte den Kopf. „Ungewöhnlich", meinte er, „dass sie die Tasche nicht mitgenommen haben. Aber gut, dann können wir noch einmal einen Blick hineinwerfen."

„Frau Wöhler", fragte Katharina, „hat Herr Achenbach an diesem Freitag das Haus verlassen oder hat er Besuch gehabt?"

„Nein. Er ist nicht weggegangen, hat auch keinen Besuch gehabt. Das hätte ich mitbekommen. Erst am Samstagmittag hat er das Haus verlassen."

„Er ist abgeholt worden?"

„Nein. Er hatte ja auch dieses Ticket, ist mit dem Bus in die Stadt gefahren. Ich habe ihm noch erklärt, wo die Haltestelle ist."

„Er hat gesagt, wo er hinwollte?"

„Nein, da hat er nichts von gesagt. Ich habe ihn auch nicht gefragt."

„Und am Abend ist er nicht wiedergekommen?"

„Der ist überhaupt nicht wiedergekommen. Deshalb bin ich ja am Dienstag zur Polizei hier. Der Herr Achenbach wollte am Samstag zum Automaten und mir die Miete für die Wohnung bezahlen. Der hatte ja für eine ganze Woche gebucht. Vielleicht würden auch zwei Wochen daraus, hat er gesagt. Das hinge von den Umständen ab."

„Von welchen Umständen?"

„Das hat er nicht gesagt. Er hat es so ausgedrückt."

„Hat er Ihnen erzählt, was er in dieser Woche in Radolfzell unternehmen wollte?"

„Nein, der hat gar nichts erzählt. Er war sehr reserviert."

„Haben Sie mitbekommen, dass er telefoniert hat?"

„Nein. Hier unten höre ich nichts."

„Er hatte aber ein Handy oder Smartphone dabei? Wissen Sie davon?"

„Das kann ich Ihnen nicht sagen. Möglich."

„Als Herr Achenbach nicht wiederkam, waren Sie doch gewiss in der Wohnung oben. Ist Ihnen da etwas aufgefallen? Auf dem Tisch im Wohnzimmer zum Beispiel."

Frau Wöhler schüttelte den Kopf. „Nein. Es war sehr aufgeräumt. Da war auch kein Laptop oder ein Handy. Da war im Schlafzimmer nur die Reisetasche. Ach ja, und im Schrank hatte er zwei Hemden und eine Hose aufgehängt. Sonst nichts. Und im Badezimmer war der Rasierapparat und seine Zahnbürste."

Brandt schaltete sich jetzt ein. „Frau Wöhler, der Herr Achenbach hat noch nicht einmal Andeutungen gemacht, was er hier in Radolfzell vorhatte?"

„Nein, nichts. Der hat sich nur zurückgezogen. Er war ja auch nicht lange hier."

„Wie wirkte er? Nervös, unruhig? Angespannt?"

„Nein. Ganz normal. Nervös? Nein. Der war wie einer, der seine Ruhe haben wollte."

Brandt warf seiner Kollegin einen enttäuschten Blick zu, hob die Schultern. „Na gut, Frau Wöhler, mehr Fragen haben wir jetzt nicht. Nur eins noch: Meine Kollegin zeigt Ihnen ein paar Fotos. Überlegen Sie bitte, ob Sie eine dieser Personen vor dem Haus oder überhaupt in der Umgebung schon einmal gesehen haben. Und geben Sie uns bitte auch die Reisetasche."

Katharina Luca nahm ihr Smartphone, rief die Fotos auf, um sie Frau Wöhler zu zeigen. Die Brückners, Kampe, Rottmann und Wagner.

„Augenblick bitte! Ich brauche dazu meine Lesebrille. Wissen Sie, in meinem Alter sieht man nicht mehr so gut."

Frau Wöhler stand auf, ging zu einer Kommode, wo der Fernseher stand. Daneben lag eine Programmzeitschrift, auf der Zeitschrift eine Brille.

„Ich habe mein System", sagte sie. „Die Brille liegt immer hier, sonst finde ich sie nicht mehr. Mein Mann war da ganz anders. Da mussten wir jedes Mal suchen. Der hat die mal dahin und dann dorthin gelegt."

„Sie leben jetzt allein?" fragte die Kommissarin.

„Ja, er ist vor fünf Jahren gestorben. Er konnte das Rauchen nicht lassen. So, dann zeigen Sie mal!"

Sie schob sich die Brille auf die Nase, betrachtete das erste Foto, das Katharina eine Weile auf dem Display ließ, bevor sie es weiterschob und mit dem nächsten kam.

„Nein. Noch nie gesehen", sagte Frau Wöhler bei den Brückners und der Kampe. „Tut mir leid! Die kenne ich nicht."

Bei dem Foto von Rottmann zögerte sie, schüttelte dann aber den Kopf. „Nein, den auch nicht. Aber davon laufen in der Stadt ja mehrere rum. Mit dieser Bekleidung wie ein Schornsteinfeger und so einem Kahlkopf, obwohl sie noch genug Haare haben."

30

Achenbachs Reisetasche war eine Enttäuschung. Unterwäsche, Strümpfe, ein Päckchen Tempotücher, eine Tageszeitung, der ‚Bonner Generalanzeiger', den er sich wahrscheinlich im Bonner Hauptbahnhof als Reiselektüre gekauft hatte. In einem Seitenfach mit Reißverschluss fand sich eine Fahrkarte. Nur die Hinfahrt. Das war am 18. Mai gewesen. Zettel mit irgendwelchen Notizen gab es nicht.

„Er wird alles auf seinem Smartphone gespeichert haben", meinte Brandt. „Und das hat jemand entsorgt. Wie auch alles andere. Brieftasche mit Papieren, Schlüssel. Eine Bank wird er in der Schweiz kaum aufgesucht haben. Er war ja samstags unterwegs. Möglicherweise aber hatte er Geld mit dabei, hat sich mit Engelreich in Schaffhausen getroffen. Warum aber nicht in Radolfzell, wo der Verlag ist? Wohnt die Autorin in der Schweiz? Das würde erklären, warum wir sie im zentralen Melderegister nicht gefunden haben. Nun ja, morgen wissen wir hoffentlich mehr."

Der Kommissar entfaltete den Stadtplan, den Frau Wöhler ihnen gegeben hatte, sah auf die Uhr.

„Viertel nach fünf. Was machen wir? Auf Schaffhausen habe ich jetzt keine Lust. Das machen wir morgen Vormittag. Was hältst du von Radolfzell? Wir gucken uns den See an, die Altstadt, falls sie eine haben. Hunger habe ich auch. Und Durst. Wir fahren am besten mit dem Bus zum Bahnhof. Der liegt ja unmittelbar am See und dem Stadtzentrum."

„Einverstanden", stimmte ihm Katharina Luca zu. „Machen wir uns einen gemütlichen Abend. Die Fahrt war anstrengend genug. Was möchtest du? Italiener, Grieche, Chinese? Dönerladen wäre für mich auch okay."

„Mal sehen. Fahren wir erst einmal in die Stadt."

„Dann gib mir aber bitte noch zehn Minuten zum Umziehen. In diesen Klamotten will ich nicht unter die Leute."

Sie verschwand, während Brandt auf dem Balkon sitzenblieb und sich eine Zigarette drehte.

Als sie wieder auftauchte und sagte: „Wir können!", da staunte er, verkniff sich aber jeden Kommentar. Sie hatte ein langes bordeauxrotes Sommerkleid, darüber eine leichte schwarze Lederjacke, an den Füßen steckten Sandaletten mit bunten Riemen. Um das rechte Fußgelenk lag ein goldenes Kettchen.

„Erst als sie fragte: „Geht das so? Nimmst du mich so mit?" sagte er: „Aber ja doch! Auch wenn sich alle nach dir umdrehen."

„Nach dir doch auch", antwortete sie. „Nicht nur nach deiner Pilotenjacke mit den vielen Taschen und den Reißverschlüssen. Schön, dass sie die gleiche Farbe hat wie mein Kleid."

Vom Bahnhof war es nur eine kurze Strecke zum See. Sie gingen durch eine Unterführung, wo ein Mann auf einer Violine in flottem Rhythmus ‚Kalinka' spielte. Sie blieben ein paar Minuten stehen, hörten zu. Katharina legte ihm zwei Euro in den Hut, bekam ein dankbares Kopfnicken, meinte, als sie weitergingen: „Man müsste solchen Menschen eigentlich viel mehr geben. Sie bringen Stimmung, da wo die Leute einfach so aneinander vorbeirennen. Der konnte richtig gut spielen. Warum landet so etwas auf der Straße?"

An der Seepromenade saßen sie eine Weile auf einer Bank neben der Skulptur eines Bischofs. „Wahrscheinlich heißt er Radolf", spekulierte Brandt. Sie sahen auf den See, auf einen kleinen Yachthafen. Ein paar Segelboote kreuzten auf dem Wasser.

„Um das zu sehen", äußerte der Kommissar, „muss man gar nicht so weit fahren. Der Laacher See in der Eifel gefällt mir besser. Der ist auch gemütlicher. Da rennen nicht so viele Menschen rum wie hier. Das ist ja wie auf der Kirmes. Ich weiß gar nicht, warum die so viel Aufhebens um den Bodensee machen. Aber ich werde mir das am späten Abend noch einmal ansehen, wenn es ruhiger ist."

„Heute noch?"

„Nein, morgen vielleicht. Oder übermorgen. Ich mach das bei mir in Thomasberg genauso. Die späten, ruhigen Abendstunden auf der Terrasse sind am schönsten. Mit einem Gläschen Wein, einer Zigarette am Abend. Das ist wie Meditation."

„Du denkst dann nach?"

„Ein bisschen."

„Worüber?"

„Über die Zeit zum Beispiel. Wie sie vergeht und was noch kommen könnte."

„Mit welchem Ergebnis?"

„Mit keinem. Zeit und Raum sind ein unergründliches Phänomen. Ich lande immer bei dem Satz des Sokrates: ‚Ich weiß, dass ich nichts weiß!'"

„Dann könntest du dir das Nachdenken eigentlich sparen."

„Ja. Aber nicht das Glas Wein. Das Sinnliche unterscheidet sich vom Gedanken durch seine Spürbarkeit."

Ein erstaunter Seitenblick traf ihn. „Wenn ich jetzt wüsste, was sie denkt!" überlegte der Kommissar. „Aber ich frage sie lieber nicht."

31

Sie hatten sich für eine Dönerbude gegenüber dem Bahnhof entschieden. Nicht für das ‚Stella di Lago', ein Café und Restaurant am Yachthafen.

„Ist zwar auch schön", hatte Brandt gemeint, „aber ich liebe es einfacher."

Beide saßen draußen, hatten Falafel mit Fladenbrot und scharfer Sesamsauce gewählt. Das musste für den ersten Hunger reichen. Dazu gab es Badisches Löwenbier.

„Morgen also das Treffen mit dem Verlag", sagte Brandt. „Was ist mit deren Programm? Verlegen die nur komische Sachen?"

Katharina bediente ihr Smartphone. Das konnte sie mit der linken Hand, während sie mit der rechten weiter aß.

„Die haben durchaus auch was Seriöses", gab sie Auskunft. „Zum Beispiel ‚Die Herr-Knecht-Dialektik im Verhältnis von Mann und Frau'. Oder ‚Society of friends als Alternative zur Ehe'. Bei den

Romanen ist Engelreich nicht die einzige. Da gibt es auch Krimis. ‚Tod eines Millionärs‘ zum Beispiel.“

Sie las den Klappentext vor:

„‘Werner Broschek ist reich geworden mit einem Textilunternehmen. Zu seinem Vergnügen hält er sich einen Harem von fünf Gastarbeiterinnen. Die aber schließen ein Bündnis und planen den perfekten Mord...‘ und so weiter. Es gibt auch Reportagen. ‚Ein Jahr unter Wölfen in Sibirien‘. Insgesamt hat der Verlag etwa 50 Bücher laufen, ist also eher ein kleiner Verlag. Da kommen sie mit drei Frauen im Team aus.“

Katharina Luca verschob weiter die Seiten auf dem Display, klickte sich durch die Fotogalerie.

„Ach, sieh mal!“ sagte sie. „Die haben inzwischen wahrscheinlich auch eine Lizenz für japanische Mangas bekommen. Auf der letzten Leipziger Buchmesse im März stehen alle drei als Mangamädchen vor dem Verlagsstand. Das Foto haben sie aber erst jetzt hochgeladen. Das gab es vorgestern noch nicht.“

Sie hielt Brandt das Smartphone vor die Nase.

„Na ja“, meinte der. „Wirkt ein bisschen albern. Wie eine asiatische Pippi Langstrumpf. Fehlt nur noch der Affe. Was ist mit Engelreich? Auch etwas Neues?“

„Nein. Nur die Aufnahme, die wir schon kennen. Engelreich als Tanzlehrerin auf einem Kreuzfahrtschiff.“

„Ist schon merkwürdig“, meinte der Kommissar. „Dass Achenbach sich Exklusivrechte vorbehält, verstehe ich ja noch. Laut Vertrag mit dem Verlag hat er sich alles unter den Nagel gerissen. Weitere Romane, Lesereisen und Interviews. Was haben wir an Lesereisen oder einzelnen Lesungen im Netz entdeckt? Nichts. Alice Waigel müsste doch ihre Starautorin kennen. Dass auch die Einladung zur Preisverleihung über Achenbach geht, ist seltsam. Irgendetwas stimmt an dem ganzen Konstrukt nicht. Wir wissen aber noch nicht was. Wir können nur vermuten, dass Achenbach das mit seinem Leben bezahlt hat. Ein Unfall ist auszuschließen, ein Suizid ziemlich unwahrscheinlich. Da könnte man ja auf die Idee kommen, dass er das Buch selbst geschrieben hat. Auch wenn er laut seiner Kollegin Kampe talentfrei war. Morgen werden wir mehr erfahren. Da bin ich mir ziemlich sicher."

„Vergiss Rottmann nicht! Vielleicht ist es kein Zufall, dass er in Singen gewohnt hat."

32

„Suchen wir uns für den Rest des Abends etwas Gemütlicheres!" schlug Konrad Brandt vor. „Und keine Dienstgespräche mehr. Wir müssen erst abwarten, was der Tag morgen bringt."

Sie zahlten, schlenderten durch die Fußgängerzone, kamen an einer Kneipe vorbei. ‚Musik-Bistro-Karaoke' stand da. Im Schaufenster war ein Plakat. Katharina blieb stehen, lachte, las laut:

„Böhse Tanten. Wir kommen am zweiten Juli und heizen euch um Mitternacht ein."

„Sind das die Mädels vom Verlag?" fragte der Kommissar.

„Nein, das sind drei andere."

Sie warf einen Blick durch das Schaufenster ins Innere.

„Sieht gemütlich aus", meinte sie. „Da können wir noch einen Absacker trinken. Da gibt es vor der Bühne Sofas, Tische, alle Sessel sehen unterschiedlich aus. Die haben auch einen DJ am Pult."

„Ist wohl eher für junge Leute", wandte Brandt ein.

„Quatsch. Man ist so alt, wie man sich fühlt. Komm! Sei nicht spießig!"

„Na gut! Wenn du meinst."

Brandt suchte eine Ecke in Nähe der Türe auf, zwanzig Meter von der Bühne entfernt. So als wolle er jeden Moment wieder aufbrechen. Er ließ sich in einen der Sessel fallen, die um einen Couchtisch standen. Katharina setzte sich neben ihn. Die Bedienung kam, legte ihnen eine Karte vor. Der Kommissar nahm sie, las, brauchte nicht lange.

„Wie wär's mit einem Meersburger Spätburgunder?" fragte er. „Wenn, dann nehmen wir die ganze Flasche. Du bist eingeladen."

„Okay. Wenn du dich ruinieren willst."

„Geht unter Spesen. Wir waren sparsam bei den Hotelkosten."

Brandt entdeckte einen Aschenbecher auf dem Tisch. „Na endlich!" sagte er. „Gibt es in Nordrhein-Westfalen ja kaum noch. Da muss man immer vor die Tür gehen. Aber für dich ist das ja kein Thema. Als Nichtraucherin."

„Stimmt nicht ganz", widersprach sie. „Wenn sich die Familie trifft, qualmen wir alle. Ich auch."

„Ihr trefft euch regelmäßig?"

„Zu den Geburtstagen und an Weihnachten."

Brandt überlegte kurz. „Also neunmal. Fünf Brüder, du, die Eltern und Weihnachten. Oder gibt es Zwillinge?"

„Nein."

„Stell ich mir schön vor. Gibt es hier in Deutschland weniger. Ihr seid also ein richtiger italienischer Clan?"

„Ach was! Aber Familienleben spielt eben eine besondere Rolle. Dir scheint das jetzt nur so besonders, weil du allein in deinem Haus in Thomasberg hockst."

„Und Marco, dein jüngster Bruder, euer Enfant terrible?"

„Alles gut. Er ist eben so. Was fragst du mich über meine Familie aus? Erzähl lieber von dir."

„Was soll ich denn erzählen?" Brandt hob die Hände hoch. „Da gibt es nicht viel. Der Dienst und danach ist Feierabend. Und ab und zu Tennis mit unserem Präsidenten. Und manchmal mit dir. Ich weiß gar nicht, was ich anstellen soll, wenn ich nicht mehr arbeite."

„Du hast doch Zeit. Mach doch eine Weltreise oder eine Kreuzfahrt."

„Wohin denn?"

Katharina schüttelte den Kopf, murmelte: „Da ist er von allem befreit und weiß nicht, was er damit machen soll!" Dann sagte sie lauter: „Dreh mir bitte auch eine Zigarette!"

Sie tranken Wein, hörten auf die Musik, die der DJ auflegte. Dann war Karaoke-Zeit. Ein paar jüngere Gäste meldeten sich an, sagten dem DJ, was er auflegen sollte.

„Macht ihr das auch?" fragte Brandt.

„Nein, wir singen so. Ohne Monitor und Playback. Aber erst spät."

Brandt verschränkte die Arme hinter dem Kopf, lehnte sich im Sessel zurück, überlegte.

„Was ist?" fragte Katharina.

„Ach, nichts. Nur so eine dumme Idee."

Der Kommissar schüttete sich Wein nach, nahm einen großen Schluck.

„Da ist doch was!" sagte Katharina. „Was denkst du?"

„Ich brauch einen Whisky."

Er winkte der Bedienung.

„Was hast du vor?"

„Weiß noch nicht."

Er dachte an die Verabschiedung eines Kollegen. Zehn Jahre war das her. Da hatte er sich in einer Laune hinreißen lassen zu singen. Hoffentlich konnte er den Text noch. Wenigstens die ersten Strophen von den insgesamt acht. Der Song hatte ihm gefallen. Er hatte ihn auswendig gelernt. Und wenn schon. Würde er patzen, da war ja noch der Monitor, auf dem die Textzeilen liefen. Aber machte er sich nicht lächerlich? Stieg ihm der Wein zu Kopf und vorher das Löwenbier? Und jetzt noch einen Whisky.

Der Whisky kam. Er schüttete ihn mit einem einzigen Schluck runter.

Dann stand er auf. „Olá! Warum nicht!?" Jetzt war es entschieden. Er ging auf die Bühne, beugte sich zu dem DJ, flüsterte ihm etwas zu. Der nickte. „Klar, haben wir. Aber da sind noch zwei vor Ihnen. Dann dürfen Sie."

Als er zu seinem Sessel zurückkam, sah ihn Katharina erstaunt an. „Sag bloß, du willst jetzt singen! Glaub ich nicht."

„Doch!" antwortete Brandt. „Ich versuch's."

Und dann war er an der Reihe, ging auf die Bühne, nahm das Mikrophon. Die ersten Takte kamen. Langsam, verhalten. „My Way" von Frank Sinatra. Er fand den Einstieg, erinnerte sich auch an den Text, musste nicht auf den Monitor schauen. Er hielt das Mikro nahe vor den Mund. Seine erkältete Stimme klang rauchig. Aber das war egal. Das passte sogar. Er verlor seine Nervosität, sein Lampenfieber, versenkte sich in den Text und in die Bilder, die er hervorrief.

„And now, the end is near, and so I face the final curtain, my friend, I'll say it clear, I'll state my case, of which I'm certain."

Als der Song zu Ende war, verbeugte er sich, hörte wie durch einen Vorhang, dass die Gäste klatschten.

„Kommen Sie wieder!" sagte der DJ. „Davon brauchen wir noch mehr."

Als er zu Katharina kam und sich den Schweiß von der Stirn strich, stand sie auf, lächelte und drückte ihm einen Kuss auf die Wange.

„Jetzt bist du dran", sagte er. „Die Bühne ist frei. Ich gebe noch eine Flasche Wein aus."

Sie schüttelte den Kopf, dass die Locken flogen.

„Nein. Wirklich? Was denn?"

Sie holte tief Luft. Wenn er das machte, konnte sie nicht zurückstehen.

„Okay!" sagte sie. „Milva. Aber auf Deutsch, damit du das verstehst."

Sie zögerte noch ein paar Sekunden, dann gab sie sich einen Ruck, ging entschlossen zu dem DJ auf die Bühne, flüsterte ihm etwas ins Ohr. Der nickte. Sie nahm das Mikrophon, strich sich mit der Hand durch die Haare, schloss die Augen, wartete. Die Musik setzte ein. Gitarrenauftakt, begleitet vom Schlagzeug. Punktgenau begann sie mit dem Song.

„Du hast ein beneidenswertes Naturell, du bist hart im Nehmen und vergisst sehr schnell, hätte ich doch auch nur so ein dickes Fell, du hast es gut."

Nach der ersten Strophe gewann sie an Sicherheit, wiegte sich tanzend zur Musik, begann auch wie Milva das ‚R' zu rollen, hatte Spaß an dem Intermezzo „lalalalala!"

Als die Stelle kam „Du hast es gut, das was Du nicht sehen willst, das siehst du nicht, darum kommst du auch nie aus dem Gleichgewicht", lächelte sie dem Kommissar zu, als wolle sie ihm bedeuten: „Das werden wir noch sehen."

Der letzte Ton verklang. Die Gäste im Bistro klatschten. Einer rief: „Zugabe!"

Sie lachte, schüttelte den Kopf, eilte von der Bühne, kehrte zu Brandt zurück, atmete durch, strich sich mit der Hand die Haare in den Nacken.

„Was machst du nur für Sachen mit mir!" sagte sie.

„Das war doch wunderbar. Da sieht man dein italienisches Temperament. Jetzt leeren wir auch noch die zweite Flasche."

Später, als sie zum Bahnhof zur Bushaltestelle gingen, hakte sie sich bei ihm unter und sagte:

„Estato meraviglioso! Es war wunderbar. Die Dienstreise mit dir gefällt mir."

33

Die Nacht hatte er auf der Ausziehcouch verbracht. Beim Aufwachen erinnerte er sich noch an ihr leichtes Zögern, als sie sich nach einem Kuss auf seine Wange in das Schlafzimmer begeben hatte. Er hatte keinen Versuch unternommen, die Stimmung des Abends auszunutzen. Irgendeine Scheu hatte ihn gehindert. Vielleicht war es die Angst, zu früh etwas zu zerstören, das Zeit brauchte oder vielleicht auch nie geschah. Jetzt stand sie lächelnd vor ihm, reichte ihm ein Glas.

„Guten Morgen, Herr Kommissar. Eine Aspirin?"

Er merkte, dass ihm der Kopf brummte, nickte.

„Ich glaube ja. Ich habe etwas stärker zugelangt als du."

Die erste Tasse Kaffee nahmen sie gemeinsam auf dem Balkon. Es war ein warmer, wolkenloser Tag.

„Frühstücken können wir unterwegs", meinte er. „In Schaffhausen. Hältst du bis dahin durch?"

„Aber ja. Das sind nur ein paar Kilometer."

„Immerhin vierzig. Wir könnten auch hier am Bahnhof…"

„Ist schon gut. Ich bin seit zwei Wochen daran gewöhnt, morgens nur Kaffee zu trinken. Allein in einem Monteurzimmer aufzuwachen ist öde. Da willst du nur rasch weg. Ich weiß allerdings nicht, ob wir die Euros erst in Franken tauschen müssen."

„Werden wir sehen. Dann bezahle ich die Brötchen eben mit der Kreditkarte."

Sie fuhren über Singen nach Schaffhausen.

„Ob das etwas zu bedeuten hat", fragte Katharina, „dass Rottmann ausgerechnet von hier kommt?"

Brandt reagierte mit einem Achselzucken. „Was soll es schon zu bedeuten haben? Achenbach hat immer in Bonn gewohnt. Die sind sich früher am Bodensee nie begegnet."

„Und wenn doch?"

„Na gut. Ausschließen kann ich es nicht. Aber was sollte das sein?"

„Irgendein Vorfall, für den sich Rottmann rächen wollte."

„Aber was? Wir wissen nichts. Er ist der Letzte, der uns das verraten wird. Wenn schon Rottmann, dann eher, weil Achenbach die Waffen entdeckt hat. Möglich, dass er den sanften Weg gehen wollte. Keine Polizei, kein SEK, kein Verfassungsschutz. Einfach nur die Kündigung. ‚Herr Rottmann, verschwinden Sie sobald wie möglich aus meinem Haus. Und nehmen Sie Ihre verdammte Kiste mit! Wenn ich vom Bodensee zurück bin, sind Sie weg. Spätestens aber bis zum 9. Juli. Die Frist gebe ich Ihnen noch.' Ob das so gelaufen ist? Glaube ich nicht. Achenbach wird ihm nicht erzählt haben, dass er nach Radolfzell fährt. Gut, möglich, dass Rottmann ihm gefolgt ist, am Bonner Bahnhof gesehen hat, wohin die Reise geht. Dann müsste er in denselben Zug gestiegen sein und ist ihm bis zur Ferienwohnung nachgefahren. Kann er das so unbemerkt? Halte ich für wenig wahrscheinlich. Er müsste in Nähe des Hauses gewartet haben, bis Achenbach am Samstag die Wohnung verlässt. Müsste ihm wieder unauffällig gefolgt sein bis Schaffhausen. Achenbach muss das doch merken. Die wären ja in denselben Bus zum Bahnhof gestiegen.“

„Na und“, wandte Katharina ein. „Der zieht sich eine Pudelmütze über den Kopf, eine Sonnenbrille vor die Augen, wechselt von seinem schwarzen Outfit in ein anderes. Achenbach schaut nicht so genau hin. Der muss das nicht merken. Rottmann benutzt die gute Gelegenheit, Achenbach fernab von Bonn zu beseitigen. Am Rheinufer in Schaffhausen setzt er das in die Tat um, fährt noch am selben Tag zurück nach Bonn. Kannst du das ausschließen?“

„Natürlich nicht. Aber wie gesagt, ich halte es für unwahrscheinlich. Wenn Achenbach die Kiste entdeckt hätte, würde er entweder die Polizei informieren oder fristlos kündigen."

„Nein. Du darfst nicht von deinem Verhalten auf Achenbachs schließen. Der ist eher vorsichtig und ängstlich. Rottmann kann ihm ja gedroht haben. Wegen unerlaubten Waffenbesitzes wäre er nicht im Gefängnis gelandet. Er könnte gesagt haben: ‚Wenn Sie die Polizei informieren, sind Sie dran. Ich habe auch noch ein paar Kumpels. Die kümmern sich um Sie. Achenbach lenkt ein. Sie einigen sich auf die Dreimonatsfrist."

„Kann sein. Ich glaube, du hast recht. Rottmann müsste noch nicht einmal mit einer Untersuchungshaft rechnen. Aber jetzt sehen wir uns zunächst einmal das Stauwehr an. Dann geht es zum Frühstück in die Stadt. Vom Kraftwerk zum Bahnhof sind es nur ein paar hundert Meter."

Sie wurden vom Zoll an der Grenze durchgewunken, erreichten bald in Schaffhausen die Straße am Rheinufer, parkten vor dem Kraftwerk am Mühlentor. Sie sahen das Stauwehr, das sich mit einem begehbaren, betonierten Damm über den Rhein spannte. Über dem Geländer wehten drei Flaggen mit der Aufschrift ‚SH Power'. Auf der Seite von Schaffhausen waren die Auffangrechen und die Turbinen. Aber auf der gegenüber liegenden Seite strömte das Wasser des Rheins über drei Öffnungen ungehindert weiter. Jede war mindestens zehn Meter breit.

Brandt schüttelte fassungslos den Kopf.

„Wie können die nur!? Wie können die Schweizer behaupten, dass Achenbach zwischen Stauwehr und Wasserfall in den Rhein gelangt sein muss? Wenn sein Körper auf dem Wasser treibt, wovon man ja ausgehen kann, kommt er da drüben mit Leichtigkeit durch. Der Tatort könnte also auch vor dem Stauwehr liegen. Und zwar weit davor. Der Rhein hat da, wo er den Bodensee verlässt, eine starke Strömung. Spätestens ab Stein am Rhein. Das sind von hier bis dahin zwanzig Kilometer."

34

„Dann können wir uns die Wanderung zwischen Stauwehr und Wasserfall schenken", meinte Katharina Luca. „Den Wasserfall würde ich aber gerne einmal sehen. Ich war da noch nie. Und du?"

„Kenne ich auch nicht. Also fahren wir mit dem Wagen und dann nach Konstanz. Vorher aber bitte Frühstück. Kein Bahnhof. Die Fußgängerzone ist nicht weit."

In der Altstadt fanden sie ein Café, saßen draußen, blickten auf ein lebensgroßes Standbild.

„Wird der Tell sein", vermutete der Kommissar. „Wegen der Armbrust. So was weiß man ja noch von der Schule. Mussten wir lesen. Aber jetzt weiß ich nichts mehr davon. Außer, dass er durch eine hohle Gasse kommen muss. Wir haben uns das früher beim Fußball zugerufen. Das war die praktische Anwendung von Literatur. Was ist eigentlich mit Konstanz? Das ‚Konzil'. Ist das ein Rathaussaal?"

„Nein. Habe ich schon recherchiert. Das ist ein Kongresshaus direkt am See. Mit Restaurant und Seeterrasse. Und einem großen Saal für Konzerte und Tagungen. Es heißt ‚Konzil', weil hier mal eine

Papstwahl stattgefunden hat. Das ist schon lange her. Willst du es genauer wissen?"

„Nein. Nicht beim Frühstück. Erzähle mir lieber, was du als Profilerin von Achenbach hältst."

„Überschätz mich nicht. Das kannst du mit deinem gesunden Menschenverstand genauso gut. Ich kann hier keine Fallanalyse machen, weil wir überhaupt keine Ahnung vom Täter oder der Täterin haben. Achenbach ist ein Einzelfall. Wir wissen nur, dass er offensichtlich sehr bemüht ist, sich nicht ins Geschäft blicken zu lassen. Frau Wöhler hat uns das ja bestätigt. Der hat nicht mit ihr geredet. Wenn man eine ganze Woche eine Ferienwohnung mietet, spricht man doch ein paar Worte mit der Vermieterin, erzählt, was man so vorhat. Das hat er aber nicht getan. Was seine Mails betrifft, verhält er sich seltsam, löscht immer die Mails des abgelaufenen Monats. Ich mach das zum Beispiel nicht. Erst wenn es unübersichtlich wird. Im Adressbuch für die Mailadressen ist nichts aufgeführt. Keine einzige. Das ist unüblich."

„Nicht unbedingt", wandte Brandt ein. „Zur Zeit wird das Netz mal wieder mit erpresserischen Mails überschwemmt. Da heißt es: ‚Wir wissen alles über Sie. Sie haben pornografische Seiten besucht. Dabei haben Sie sich mit unserem Trojaner infiziert. Wir haben die Kontrolle über Ihre Computercamera und Ihre Kontakte. Wenn Sie innerhalb einer Woche nicht 2000 Euro als Bitcoins überweisen, werden wir verfängliche Video-aufnahmen an Ihre Freunde und Bekannten schicken. Wollen Sie, dass wir Ihren Ruf ruinieren?' So oder so ähnlich. Das könnte der Grund sein, warum Achenbach persönliche Mails löscht und kein Adressbuch mit Mailadressen führt. Das wäre eine Erklärung. Er macht es aus Vorsicht."

„Und warum führt er Engelreich nicht in seinem Adressbuch, das auf dem Schreibtisch lag?"

„Haben wir doch schon geklärt. Hat er im Handy gespeichert. Als besonders wichtigen Kontakt. Aber dieses verdammte Handy haben wir leider nicht. Das liegt wahrscheinlich irgendwo im Rhein."

„Könnte auch Radolfzell der Tatort sein?" überlegte Katharina Luca.

„Glaube ich nicht", widersprach Brandt. „Gehen wir davon aus, dass die Obduktion, die von den Schweizern durchgeführt wurde, stimmt. Er war nicht länger als drei Tage im Wasser. Das geht von Radolfzell aus nicht. Radolfzell liegt in einer langen Ausbuchtung des Untersees. Da ist kaum Strömung. Er müsste ja erst um die Bucht treiben und dann nach Westen den Weg Richtung Schweiz nehmen, also da, wo der Rhein aus dem Bodensee tritt. Erst nach weiteren zwanzig Kilometern, bei Stein am Rhein, verengt sich das Flussbett und die Strömung wird kräftiger. In drei Tagen von Radolfzell bis zum Wasserfall scheint mir unmöglich. Aber lass uns erst den Wasserfall ansehen, bevor wir weiter spekulieren. Es ist ja noch lange nicht ausgeschlossen, dass der Tatort vielleicht am obersten Punkt des Rheinfalls ist."

Der Kommissar winkte der Bedienung. „Wir möchten zahlen. In Euro bitte!"

Die Rechnung kam auf einem silberfarbenem Tablett. Brandt nahm den Zettel, las, schüttelte den Kopf: „Die lieben Eidgenossen! Für zwei Schinkenbrötchen und zwei Tassen Kaffee 22 Euro. Na ja, fällt unter Spesen."

35

„Der wilde, junge Rhein!" dachte Brandt, als sie für eine Weile schweigend vor dem Wasserfall standen. In breiten Kaskaden stürzte das Wasser gegen Felsblöcke, die aus dem Flussgrund ragten, schoss an ihnen vorbei, jagte in wilder, schäumender Fahrt weiter, bis es sich unten in einem ausladenden Becken endlich beruhigte.

Sie standen auf der Schaffhausener Seite, genauer gesagt auf einem Plateau von Neuhausen, das zum Kanton Schaffhausen gehörte und von der Stadt gerade mal einen Kilometer entfernt war. Im Becken kreuzte ein Boot, wagte sich mit den Touristen bis nahe an den Sturz des Wassers, wo eine Nebel sprühende Gischt durch die Luft trieb. Dort unten also hatte man Achenbach an einem frühen Dienstagmorgen gefunden. Der Kommissar tat dem Schweizer Pathologen, der die Obduktion durchgeführt hatte, Abbitte. Wer diesen Wasserfall hinunterstürzte, bei dem ließ sich nicht mehr feststellen, woher die Kopfverletzungen stammten. Von den Felskanten oder von einem Schlag mit irgendeinem festen Gegenstand. Die Schweizer hatten nur mit Bestimmtheit sagen können, dass man Achenbach nicht erschossen hatte. Es gab keinen Schusskanal. Man musste an einen Unfall denken, in Betracht ziehen, dass Achenbach bei einer waghalsigen Kletterei abgeglitten war. Da halfen auch die besten Schwimmkünste nicht mehr. Wer hier hineinfiel, war verloren. Aber Achenbach hatte laut Obduktionsbericht drei Tage im Wasser gelegen. Man hätte ihn, wäre er hier hineingestürzt, eher finden müssen. Es sei denn, er war in den Strudeln des Beckens unter Wasser umhergetrieben, bis der Fluss den Körper endlich freigab und ihn am Ufer landen ließ. Auch das war möglich. Aber warum in aller Welt sollte der Literaturagent ausgerechnet hier herumklettern? Und warum waren die Taschen ausgeräumt? Sicher, die Felskanten hätten die Jacken- und Hosentaschen zerfetzen können. Über den Zustand der Kleidung stand nichts in dem Bericht. Das war ein Versäumnis. Das hätten sie angeben müssen. Bei diesem Fall war nicht nur der Körper zu obduzieren.

Katharina Luca hatte sich einer Informationstafel zugewandt, stand davor, las. „Europas größter Wasserfall." Die Zahlen auf der Tafel interessierten sie weniger. „Breite des Falles 150 Meter, Höhe 23 Meter, Alter 14-17 000 Jahre, Tiefe des Beckens 13 Meter." Interessanter war die Karte darunter. Sie ging zum nördlichen Rand des Plateaus, winkte Brandt zu. Der kam.

„Sieh mal", sagte sie, „oberhalb des Wasserfalls gibt es eine Brücke. Die führt von Neuhausen zum Schloss Laufen. Du kannst sie von hier sehen. Du siehst auch die Erker des Schlosses. Das Geländer der Brücke ist nicht besonders hoch. Vielleicht anderthalb Meter. Mehr nicht. Die Brücke könnte der Tatort sein. Die wäre für den Täter oder die Täterin sogar ideal. Da ist noch nicht einmal ein Schlag auf den Kopf notwendig. Stell dir vor, Achenbach steht am Geländer, beugt sich vor, blickt nach unten auf den Fluss. Da muss ihn jemand nur an den Fußgelenken packen. Ein Ruck, er verliert das Gleichgewicht, stürzt hinunter. Auch ein ausgezeichneter Schwimmer hat keine Chance mehr. Die Strömung ist zu stark. Er kann es nicht verhindern, auf den Wasserfall zuzutreiben."

Brandt nickte. „Ja, du hast recht. Aber das müsste im Dunkeln geschehen sein. Jetzt laufen zu viele Touristen über die Brücke. Warum nur sollte Achenbach spätabends über die Brücke zum Schloss Laufen gehen?"

„Weil da nicht nur ein Schloss ist, sondern im Schloss auch ein Restaurant. So ist es auf der Infokarte angegeben. Ein idealer Treffpunkt, um in aller Verschwiegenheit etwas zu bereden."

„Gut, dann sehen wir uns das mal an."

Sie verließen das Plateau, mussten einen Umweg durch Neuhausen nehmen, weil man nicht am Rheinufer entlang gehen konnte, fanden schließlich den Rheinfallweg, der über die Brücke zum Schloss führte. Eine Zugschiene lief in der Brückenmitte. Links und rechts davon gab es einen Gehweg. Das Geländer war tatsächlich nicht besonders hoch. Brandt beugte sich vorsichtig darüber, blickte unten in schäumende Stromschnellen. Hier hätte Achenbach keine Chance gehabt.

„Sehr edel und nobel", bemerkte der Kommissar, als sie das Schlossrestaurant erreicht hatten. „Wenn man wie Achenbach einen Batzen Geld in der Tasche hat, kann man sich das leisten. Unsere Finanzverwaltung würde bei der Spesenabrechnung protestieren."

Er warf einen Blick auf die Werbetafel neben der Eingangstür. „Kreative Gastronomie in stilvollem Ambiente", las er laut. „Saisonale Leckerbissen erleben! Exklusive, kreative Abendessen. Schloss Degustationsmenu. Fest der Sinne jeweils ab 18 Uhr im stilvollen Bleulersaal. 5-Gang-Menu mit Weinbegleitung 124 Schweizer Franken. Schade, dass wir den Konstanzer Termin haben", meinte er ironisch. „Aber da hängt ja auch eine normale

Speisekarte. Wyländer Weißweinsuppe 11 Franken. Da lass ich lieber die Suppe weg und nehme die Flasche. Rindstatar mit Toastbrot und Butter 34 Franken. Der Blick auf den Rheinfall kommt einen teuer zu stehen. Da war man bei dem Horst Lichter in der Scheune besser aufgehoben. Lecker, preiswert, gemütlich. Da war ich vor vielen Jahren mal, als der Meister noch selbst an Omas Herd stand. Schade, dass es die Scheune nicht mehr gibt. Nun gut. Gehen wir hinein. Fragen kostet nichts."

Kaum hatten sie das Restaurant betreten, kam ihnen mit einem freundlichen Lächeln ein Kellner entgegen in weißem Hemd, dunkelblauer Weste, gleichfarbiger Krawatte und fragte: „Sie haben reserviert?"

„Nein, wir nicht", antwortete der Kommissar.

„Aber vielleicht ein anderer Herr in Begleitung, und zwar am Samstag, den 19. Mai."

Er zeigte seinen Ausweis. „Brandt, Kripo Bonn. Das ist meine Kollegin Frau Luca. Es handelt sich um einen deutschen Staatsbürger aus Bonn. Er wurde hier am Wasserfall gefunden. Sie haben davon gehört?"

Der Kellner nickte. „Ja, haben wir. Das hat einiges Aufsehen gegeben. Das war an einem Dienstag. Wir hatten gegen Mittag Gäste, die davon erzählt haben. Das muss unten am Becken gewesen sein."

„Hatten Sie am Samstag davor Dienst?"

Der Kellner überlegte einen Moment. „Ja, das war meine Schicht. Von 11.30 Uhr bis Mitternacht."

Katharina Luca hatte ihr Smartphone eingeschaltet, tippte sich zur Fotogalerie, rief Achenbachs Porträt auf, das sie von seiner Website heruntergeladen hatte. Sie reichte dem Kellner das Handy.

„Erinnern Sie sich? War dieser Mann hier?"

Der Kellner betrachtete das Foto, schüttelte bedächtig den Kopf.

„Nein. Ich kann mir die Gäste gut einprägen. Der war nicht hier."

„Vielleicht am Sonntag?"

„Nein, auch nicht."

„Schade!" sagte Brandt. „Aber wie ist das mit den Reservierungen? Gab es eine Reservierung unter dem Namen Engelreich?"

„Da müsste ich nachschauen."

„Bitte tun sie das!"

Der Kellner ging zur Rezeptionstheke, nahm dort ein in schwarzes Leder gebundenes Buch, schlug es auf, blätterte die Seiten durch, schüttelte wieder den Kopf.

„Nein, tut mir leid. Da ist nichts unter diesem Namen reserviert worden."

„Und unter dem Namen Achenbach?"

„Nein, auch nicht."

Brandt hob bedauernd die Schulter.

„Dürfen wir einen Blick in die Reservierungen werfen? Es könnten auch noch andere Namen in Frage kommen."

Der Kellner zögerte. „Ungern. Das darf ich eigentlich nicht aus der Hand geben."

„Wir suchen nur nach bestimmten Namen. Die anderen Gäste interessieren uns nicht. Bitte! Bevor wir uns an die Schweizer Kollegen wenden müssen. Dann gibt es hier mehr Aufsehen. Jetzt um diese Zeit ist das inkognito. Sie haben nur ein paar Gäste. Wir sind in Zivil."

Der Mann reichte dem Kommissar widerstrebend den Reservierungskalender. Brandt blätterte die Seiten durch. Den Samstag, den Sonntag, auch den Montag noch.

„Nichts", sagte er enttäuscht zu Katharina Luca. „Kein Rottmann, kein Brückner, keine Kampe, kein Wagner, keine Frau Wöhler. Von den Damen des Verlagsteams auch niemand."

Er klappte den Kalender zu, gab ihn zurück.

„Danke, Sie haben uns sehr geholfen. Es hätte ja sein können."

„Also auf nach Konstanz!" sagte er zu Katharina. „Wir fahren auf der Schweizer Seite. Ist etwas kürzer."

36

„Engelreich könnte unter anderem Namen reserviert haben", gab die Kommissarin zu bedenken. „Die wollen im Restaurant ja keinen Personalausweis sehen."

„Möglich. Aber wie soll das abgelaufen sein? Sie hätten sich in Schaffhausen getroffen, sind zu der Brücke gegangen. Engelreich erkennt die günstige Gelegenheit. Aber das wäre nur zu sehr später Stunde im Dunkeln möglich. Man sieht die Brücke von der Neuhausener Plattform aus. Und auch von einem der Fenster des Restaurants. Zu risikoreich. Das wird sie so kaum gemacht haben. Falls sie überhaupt in den Fall verwickelt ist. Wissen wir ja noch gar nicht. Sie wird uns heute ein Alibi liefern müssen."

Sie fuhren den Rhein entlang, sahen, wie der Fluss hinter Stein am Rhein an Breite gewann, zum

116

westlichen Ausläufer des Bodensees wurde. Sie kamen an Campingplätzen und Strandbädern vorbei, passierten Dörfer, deren Namen sie noch nie gehört hatten. Mammern, Tröpfel, Steckborn, Berlingen. Einmal, das war in Eschenz, lag am Rand der Straße ein Strohhotel. „Schlafen im Stroh" stand auf einem Schild. „26 Franken". Ein anderes Mal sahen sie hoch auf einem Berg eine Kapelle. Eine enge Straße bog dorthin ab. Auf dem Wegweiser stand „Wallfahrtskirche ‚Sieben Schmerzen Mariä'".

„Sieht hübsch aus mit dem roten Zwiebeltürmchen", meinte Katharina. „Hätten wir etwas mehr Zeit, könnten wir hochfahren. Die Aussicht ist bestimmt schön, wird über den ganzen Untersee gehen."

Brandt saß am Steuer. Katharina Luca nahm ihr Smartphone. „Soll ja nicht nur eine Dienstreise sein", meinte sie und tippte Buchstaben. „Wir tun auch etwas für die Bildung."

„Ach ja, hier", sagte sie nach einer Weile. „Passt zu unserem Fall. Die Gründungslegende der Kapelle. Der Freiherr Walter von Hohenklingen hat mit einem Fehlschuss ein Wildschwein so sehr gereizt, dass es sein Leben bedrohte. Da hat er in seiner Not den Bau einer Wallfahrtskirche gelobt. Er ist gerettet worden. Im Gegensatz zu Achenbach. Da können wir uns fragen: Wen hat Achenbach so gereizt? Das Motiv für einen Mord könnte ja auch Zorn sein und nicht unbedingt Habgier. Eine Tat im Affekt. Achenbach hat sich einen Fehlschuss geleistet. Beleidigung, Demütigung. Was hältst du davon?"

„Gut. Auch ein Ansatz. Aber wem gegenüber?"

„Engelreich. Knebelvertrag. Vielleicht hatte er auch eine Beziehung mit seiner Autorin, hat ihr gestanden, dass es noch zwei andere Damen gibt. Da ist sie wütend geworden, ausgerastet, hat ihn vielleicht gar nicht umbringen wollen. Ein Streit auf der Brücke. Er verliert das Gleichgewicht."

„Möglich. Bald wissen wir hoffentlich mehr."

Um viertel nach Vier waren sie in Konstanz, hatten den Wagen in Nähe des ‚Konzil' geparkt, gingen zum See, setzten sich am Hafen auf eine Bank.

Brandt zeigte auf eine riesige Skulptur am Ende der Mole, da wo die Einfahrt zu den Schiffsanlegern war.

„Sieht mit ihren erhobenen Armen aus, als wolle sie die Fahrt auf den See verbieten. Aber kann ich von hier aus nicht erkennen. Ist zu weit weg."

„Augenblick", meinte Katharina Luca. „Kann ich googeln."

Sie holte wieder das Smartphone aus ihrer Jackentasche, ging ins Internet.

„Haben wir gleich", murmelte sie. „Ach ja, hier ist es. Die Figur ist die ‚Imperia'. Seltsam. Sie ist dargestellt wie eine Kurtisane. Auf der linken Handfläche trägt sie einen Papst, auf der rechten einen Gaukler. Was sich jetzt ‚Konzil' nennt, war damals eine Markthalle oder ein Kaufhaus. Es muss bunt zugegangen sein."

Sie reichte ihrem Kollegen das Smartphone. Der las den Text, der dem Foto zugeschaltet war, vergrößerte das Bild.

„Tatsächlich, eine Kurtisane. Seltsames Wahrzeichen. Der Papst auf ihrer Hand. Winzig. Dahinschmelzend. Weiblicher Macht ausgeliefert. Könnte man so deuten. Die gucken auch etwas bedröppelt. Der Papst noch mehr als der Gaukler. Von wann ist die Skulptur?"

Er tippte sich in den Text zurück. „Ach ja, von 1993, neun Meter hoch, Beton, dreht sich um ihre eigene Achse. Und das Konzil war von 1414 bis 1418. Der größte Kongress des Mittelalters. Drei Päpste. Einer aus Rom, der zweite aus Avignon, der dritte aus Pisa. Was für Zustände! Da ist es heute doch geordneter. Ob gesitteter ist eine andere Geschichte. Wahrscheinlich können nur Heilige ohne Frau leben."

Er reichte das Smartphone zurück, bemerkte, dass ihr etwas auf der Zunge lag. Aber sie schwieg und lächelte nur.

Er wechselte das Thema, fragte: „Ob das eine geschlossene Veranstaltung ist? Ich war noch nie bei einer Preisverleihung."

„Egal", meinte sie. „Ist es öffentlich, kommen wir rein, ohne dass sich unsere Anwesenheit direkt rumspricht. Wenn nicht, zeigen wir unseren Ausweis. Wir werden sehen."

Von ihrer Bank aus hatten sie den Eingang zum ‚Konzil' im Blick. Gegen halb fünf trafen die ersten Gäste ein, gekleidet, als ginge es zu einer Wagner-Oper in Bayreuth. „Könnte die Buchhändlertruppe sein", vermutete Katharina Luca. Ein paar Minuten später hielt ein Transporter vor dem Eingang. Eine Elektrogitarre, Keyboard und ein Schlagzeug wurde von drei Frauen mit schwarzen Haaren und in schwarzer Lederkleidung hineingetragen.

„Abenteuerliche Frisuren!" sagte Brandt. „Auf der einen Seite des Kopfes Glatze, auf der anderen pechschwarze, dichte Strähnen."

„Das ist Gothic-Style", klärte ihn Katharina Luca auf. „Hoffentlich können die damit singen. Die haben alle die Lippen gepierct und eine Kette läuft vom Nasenflügel zum Ohr."

Um zwanzig vor erkannten sie die Damen vom Verlagsteam. Um viertel vor, leger gekleidet, kam ein junger Mann mit einer umgehängten Kamera. Wahrscheinlich der Reporter einer Konstanzer Zeitung. Kurz darauf erschien eine Gruppe junger, fröhlich schwatzender Frauen, bunt gekleidet, als wollten sie einen Junggesellinnen-Abschied feiern.

Martha Engelreich hatten sie nicht entdeckt. Die war als Hauptperson des Abends wohl schon lange im Kongresssaal.

37

„Zehn vor. Lass uns reingehen!" schlug der Kommissar vor. „Nach einer Massenveranstaltung sieht das nicht aus. Wir werden noch zwei gute Plätze erwischen."

Sie standen auf, gingen über die Seeterrasse zum Eingang, folgten eine Treppe hoch dem Schild ‚Oberer Saal'. Im ersten Stock war eine zweiflüglige Tür weit geöffnet. Alice Waigel, die Verlagschefin stand dort, sah sie mit einem fragenden Blick an, sagte aber nur freundlich „Guten Abend!" und drückte ihnen einen Programmzettel in die Hand.

Der Saal schien fast leer. Der Kommissar schätzte mit einem raschen Blick, dass er für mindestens 500 Personen gedacht war. Aber nicht mehr als dreißig Besucher saßen vor der Bühne. Nur die ersten beiden Stuhlreihen waren belegt. Die dritte war völlig frei. Zwischen den Reihen lief ein breiter Mittelgang.

„In der dritten Reihe sind wir auch noch nahe genug dran", flüsterte Brandt. Sie nahmen auf der linken Seite Platz.

„Ein sehenswerter Saal", meinte der Kommissar anerkennend. „Mit dem Flair des Mittelalters. Balken an der Decke, gedrechselte Holzsäulen, die die Balken wirken lassen wie einen Baldachin. Der Boden aus edlem, hellem Parkett. Würdig einer Preisverleihung. Hier also haben drei Päpste um das Amt gerangelt."

Auf der Bühne stand zum Rand hin gerückt ein Rednerpult mit Mikrophon. An der hinteren Bühnenwand lehnte eine Gitarre. Ein Schlagzeug stand davor und ein Keyboard. Daneben war eine Verstärkeranlage aufgebaut.

Der Blick der beiden Kommissare wanderte die Stuhlreihen entlang, verweilte suchend bei jeder Person. Wo war die Frau mit den schulterlangen blonden Locken, die sie auf dem Foto von der Kreuzfahrt gesehen hatten? Kam sie etwa ganz zum Schluss noch? Mit einer Verspätung, wie man sie gefragten Künstlern zugestehen mochte? War das der erste Hinweis auf Staralüren? Bei den jungen bunt gekleideten Frauen war sie jedenfalls nicht. Die waren zwischen zwanzig und dreißig, wie der Kommissar schätzte. Martha Engelreich aber war mindestens fünfzig. Auch unter den festlich gekleideten Besuchern war sie nicht zu entdecken. Wo waren die drei Ladies, die in schwarzer Lederkleidung die Instrumente reingetragen hatten? Erfrischten die sich vor ihrem Auftritt noch mit einem Bier?

Brandt sah sich kurz den Zettel an, den ihm Alice Waigel in die Hand gedrückt hatte, flüsterte Katharina zu: „Das sind die ‚Böhsen Tanten' aus

Radolfzell. Die sorgen für die musikalische Untermalung. Aber eine Martha Engelreich gehört zu der Band nicht dazu. Die sind ja viel jünger."
Der Kommissar studierte das Programm.

Begrüßung durch Alice Waigel, Penthesilea-Verlag

Musikalische Untermalung: ‚Böhse Tanten' mit ihrem neuen Song ‚Ich habe meinen Mann vergiftet'

Laudatio und Preisverleihung, Dr. Josefine Quandt, Vereinigte Buchhändler Baden-Württemberg'

Lesung Martha Engelreich

Musikalische Untermalung: ‚Böhse Tanten' mit einem Song aus der LP „Du darfst jetzt gehen'

Eröffnung des Buffets unten im Restaurant. Bei schönem Wetter auf der Seeterrasse

Alice Waigel stand noch immer an der Saaltür, schien auf Martha Engelreich zu warten, blickte immer wieder auf ihre Uhr. Um zehn nach fünf kamen die ‚Böhsen Tanten' angetrippelt, gingen durch die Saalmitte zur Bühne, stiegen ein paar Stufen hoch, nahmen Platz auf drei Stühlen, die am linken Rand standen. Ein vierter Stuhl stand noch daneben. Der blieb aber leer.

Die Verlagschefin blickte noch einmal auf die Uhr, schloss die beiden Flügel, begab sich an das Rednerpult, schaltete das Mikrophon ein.

„Liebe Gäste", begann sie, „verehrte Frau Dr. Quandt und liebe Mädels von unserer bekannten Radolfzeller Band, ich darf Sie, darf euch alle herzlich begrüßen zu einem ganz besonderen

Abend, der Preisverleihung für unsere Autorin Martha Engelreich."

Die Veranstaltung war eröffnet.

38

„Liebe Freunde und Gäste", fuhr Alice Waigel fort, „leider gibt es eine traurige Nachricht für unseren Abend. Martha Engelreich hat mich gestern angerufen. Sie ist beruflich auf einer Kreuzfahrt durch die Karibik, hat diesen Termin nicht mehr verschieben können und auch keine Vertretung gefunden. Sie bedauert das sehr. Mir tut es leid, dass diese Nachricht so kurzfristig gekommen ist. Daher werden wir auf die Lesung verzichten, sie aber so bald wie möglich nachholen. Ich werde sie alle über diesen Termin persönlich benachrichtigen. Ich bitte Sie für die Änderung des Programms um Verständnis. Als kleine Entschädigung haben wir neben dem Buffet einen Bücherstand aufgebaut. Sie dürfen sich Engelreichs Roman, falls sie ihn noch nicht haben, kostenlos mitnehmen. Jetzt aber werden zunächst unsere Mädels aus Radolfzell ihren neuen Song vorstellen. Danach hat Frau Dr. Quandt von der Buchhändlervereinigung Baden-Württemberg das Wort. Ich danke für Ihr Verständnis."

„Die lügt!" flüsterte Katharina Luca. „Da ist etwas ganz anderes passiert."

Alice Waigel verließ das Rednerpult, begab sich zu den ,Böhsen Tanten', nickte ihnen mit einem Lächeln zu, setzte sich dort auf den vierten Stuhl. Die drei Ladies standen auf, gingen zu ihren Instrumenten, rückten sich Standmikrophone zurecht. Der Gitarrenauftakt kam. Der Gesang setzte ein.

„Ich habe meinen Mann vergiftet, mir einen neuen gesucht. Dann hab' ich mein Gesicht geliftet und einen Gigolo gebucht."

„Immer drauf auf die armen Männer!" kommentierte Brandt leise. „Wenn die wenigstens statt nur schrill richtig singen könnten. So wie du mit dem Milva-Song. Nur aus Höflichkeit halte ich mir jetzt nicht die Ohren zu."

„Danke. Guck mal die Waigel! Was schreibt sie sich bloß auf?"

Der Blick des Kommissars wanderte von den Sängerinnen weg zum linken Bühnenrand, wo die Verlagschefin saß. Sie hatte die Beine übereinander geschlagen, der schwarze Rock ihres Kostüms war etwas hochgerutscht. Auf ihrem rechten Knie lag ein weißer Notizblock. Immer wieder sah sie zu den Stuhlreihen vor der Bühne, schrieb etwas auf. Jetzt bemerkte Brandt auch die hochhackigen schwarzen Schuhe. Der rechte schwebte in der Luft, der linke hatte seinen Stand auf dem Bühnenboden.

„Sie ist doch groß, mindestens 1.80 Meter", überlegte der Kommissar. „Warum tut sie sich so hohe Absätze an? Eitelkeit? Hat sie gar nicht nötig. Sie ist nicht älter als Katharina und sehr attraktiv mit ihren kupferroten Locken, die weit bis in den Rücken fallen. Wie sie da sitzt mit ihren übereinander geschlagenen schönen Beinen und dem hochgerutschten Rock wirkt sie ziemlich sexy. Haben wir es etwa mit einer Beziehungstat zu tun? Achenbach war kein Kostverächter. Man müsste mehr über Waigels Privatleben erfahren. Wie ist sie drauf? Hat sie einen Mann, einen Freund oder ist sie mehr Frauen zugetan? Hat Achenbach etwas getan, das heftige Eifersucht provozierte? Bei wem? Dass sie diese fürchterliche Gesangstruppe an der Feierstunde beteiligt, ist schon komisch. Die gehören eher in ein Bierzelt."

Die ‚Böhsen Tanten' hatten ihren Song beendet. Eine schon ältere grauhaarige Dame erhob sich von einem Stuhl in der ersten Reihe, begab sich mit einem Manuskript ans Rednerpult. Das musste Josefine Quandt sein.

„Hoffentlich ist das nur eine Seite", flüsterte Brandt der Kommissarin zu."

„Sei nicht so ungeduldig!" ermahnte ihn Katharina Luca. „Ich finde das amüsant, was hier abgeht. Eine Preisverleihung ohne Preisträgerin."

„Würde mich auch nicht wundern, wenn Quandt die Mutter von Waigel ist", meinte der Kommissar. „Hier ist ja alles möglich. Präsidentin der Buchhändlervereinigung schiebt einer Autorin ihrer Tochter einen Preis zu. Nun gut, ertragen wir, was sie zu sagen hat."

39

Josefine Quandt rückte sich das Mikrophon zurecht, ging mit den Lippen nahe heran, hauchte hinein: „Sie verstehen mich? Ja, das ist laut genug."
Sie rückte etwas von dem Mikro ab, schob sich das Manuskript zurecht, warf einen Blick darauf, begann.

„Liebe Gäste, liebe Alice Waigel und gerne würde ich auch sagen ‚liebe Martha Engelreich'. Aber manchmal spielt uns das Schicksal einen Streich. Und damit bin ich auch beim Thema. Denn Martha Engelreich hat der Männerwelt einen

Streich gespielt. Es ist ja bekannt, wie wir immer noch um unsere Rechte kämpfen müssen. Sei es beim Lohn, bei der Besetzung höherer Posten, sei es das Recht, nicht anstößig betatscht zu werden. Es ist noch nicht lange her, da durften wir Frauen nicht wählen, nicht studieren. Es hat einen langen Kampf gegeben mit vielen Leiden und Opfern. Ich gehöre noch zu der alten Garde, freue mich, dass unser Kampf von der jüngeren Generation fortgesetzt wird. Denn dieser Kampf ist immer noch nicht vorbei, auch wenn sich Vieles zum Positiven verändert hat. Wir sind stärker geworden, werden immer stärker, lassen uns nicht mehr alles gefallen, kämpfen weiter. Denn immer noch gibt es diese Machos und Paschas, die glauben, sie seien die Krone der Schöpfung. Sind sie aber nicht. Martha Engelreich hat sie mit bissigem Humor entlarvt, mit einem Roman, den wir mit Gewinn und Vergnügen gelesen haben. Ich denke da zum Beispiel an ein Kapitel, als sie Pascha Werner die Leviten liest und er antwortet darauf: ‚Ich weiß, ich bin ein Arschloch, aber bitte tröste mich!' Kann man das tiefgründiger und hintersinniger sagen? Der Humor als Waffe. Es war ihr erstes Buch und gleich ein Bestseller. Zu Recht. Deshalb fiel die Entscheidung unserer Jury einstimmig zu ihren Gunsten aus. Sie hat es verdient und wird deshalb mit dem Preis für das beste Romandebut ausgezeichnet. Wir hoffen, dass noch viele weitere Romane von ihr folgen werden und freuen uns darauf. Da die Autorin heute leider nicht persönlich anwesend sein kann, überreiche ich jetzt symbolisch einen Scheck stellvertretend an die Chefin des Verlages. Ich will den Roman nicht weiter interpretieren. Sie, liebe Gäste, dürfen sich ein eigenes Bild machen. Frau Waigel beschenkt uns ja in großzügiger Weise mit diesem wunderbaren Buch eines rundum gelungenen Debuts."

Josefine Quandt nahm ihr Manuskript, ging zur Mitte der Bühne, winkte dem Pressefotografen. Der kam, stieg die Stufen hoch. Alice Waigel stand auf, gesellte sich mit einem Gang gekonnter Eleganz zur Präsidentin der Buchhändlervereinigung. Die zog unter ihrem Manuskriptblatt eine grüne Tafel im DIN-A4-Format heraus mit dem Aufdruck eines Schecks, hielt die Tafel zwischen sich und Alice Waigel. Beide lächelten in die Kamera. Der Pressemann war leicht in die Hocke gegangen, drückte den Auslöser der Kamera. Ein Blitz folgte. Ein zweites Mal und auch ein drittes. Der junge Mann betrachtete die Fotos auf dem Display des Apparates, nickte, schien zufrieden, stieg von der Bühne und verließ den Saal. Er hatte seine Arbeit getan.

Alice Waigel begab sich noch einmal ans Rednerpult.

„Liebe Gäste, liebe Freunde" sagte sie. „Ich fasse mich kurz. Jetzt dürfen unsere Radolfzeller Mädels noch einmal auftreten. Dann ist das Buffet eröffnet."

Brandt verzog das Gesicht. „Noch einmal?" murmelte er.

Katharina Luca stieß ihn mit dem Ellenbogen in die Seite. „Den Aufritt der Tanten überstehen wir jetzt auch noch."

Die drei Ladies standen auf, gingen zu ihren Instrumenten. Eine setzte sich ans Schlagzeug, die zweite an das Keyboard. Die mit der Gitarre nahm die Bühnenmitte wieder in Anspruch. Es folgte ein etwas leiserer Song. ‚Du darfst jetzt gehen!' mit der Ankündigung: „Wir haben alle Lyrics selbst geschrieben."

„Goethe würde vor Neid erblassen", spottete Brandt leise flüsternd nach der ersten Strophe.

„Pack deinen Koffer, du darfst jetzt gehen. Du warst für mich sehr ungesund. Drum sag' ich jetzt ‚Auf Wiedersehen' und halt mir lieber einen Hund. Der tut mir endlich wieder gut und macht mir endlich wieder Mut. Du hast als Mann total versagt mich nicht nach meinem Glück gefragt."

Als die letzte Strophe verklungen war, atmete der Kommissar auf.

„So", meinte er zu Katharina Luca, „jetzt unsere eigentliche Arbeit. Alice Waigel wird sich ein paar Fragen stellen müssen."

40

Sie gingen vom ‚Oberen Saal' auf die Seeterrasse, setzten sich auf Bambusstühlen in eine Nische, die von einem Sonnenschirm überspannt war.

„Hier können wir ungestört mit ihr reden", sagte Brandt. „Die anderen müssen ja nichts davon hören. Ich rede mit ihr. Du beobachtest sie. Das Buffet schenken wir uns. Wir sind dienstlich hier, werden bei der Kellnerin bestellen."

Sie warteten auf Alice Waigel. Nach nur ein paar Minuten trat sie auf die Terrasse, sah sich um. Brandt wollte gerade aufstehen. Aber da kam sie schon auf die Beiden zu, hatte ihren Notizblock dabei.

„Darf ich Sie nach Ihren Namen und Adressen fragen", sagte sie. „Dann kann ich Ihnen auch die

Einladung zur Lesung von Frau Engelreich schicken."

„Setzen Sie sich doch bitte einen Moment. Wir haben ein paar Fragen an Sie. Das müssen nicht alle mitbekommen. Hier sind wir unter uns."

Der Kommissar zog seinen Dienstausweis. „Kripo Bonn, Brandt. Das ist meine Kollegin Frau Luca."

Die Kommissarin, die Alice Waigel beobachtete, bemerkte, wie sie leicht zusammenzuckte, sich aber sofort wieder in der Gewalt hatte.

„Kripo Bonn? Warum?"

„Wir kommen wegen Herrn Achenbach. Er hat Frau Engelreich an Sie vermittelt?"

„Ja. Und um was geht es?"

Die Verlagschefin setzte sich. Zögernd, als wollte sie bald wieder davoneilen.

„Sie wissen, was mit Herrn Achenbach passiert ist?"

„Nein. Was denn? Wir haben kaum Kontakt. Genauer gesagt ist unser Verhältnis etwas gestört. Er beansprucht Frau Engelreich exklusiv für sich."

„Sie haben aber gestern mit Frau Engelreich telefoniert."

„Nein. Tut mir leid. Das war eine notwendige Ausrede. Der Herr Achenbach gibt ja weder Adresse noch Telefonnummer an unseren Verlag weiter. Und Frau Engelreich hält sich leider an diese Maßgabe. Alles läuft über die Agentur. Er sollte Frau Engelreich über den Termin der Preisverleihung informieren. Offensichtlich hat er es nicht getan. Ich habe seit ein paar Tagen versucht, ihn zu erreichen. Aber ich habe keine Verbindung. Er hat sein Handy ausgeschaltet. Er hat uns damit in eine schlimme Verlegenheit gebracht. Aber was ist denn mit ihm? Warum kommt die Kripo Bonn nach Konstanz?"

Sie weiß es oder sie weiß es wirklich nicht, überlegte der Kommissar. Weiß sie es, dann ist sie eine gute Schauspielerin. Ich halte sie aber noch etwas hin.

„Ist das üblich", fragte er, „dass ein Verlag seine beste Autorin nicht persönlich kennt?"

„Nein. Das ist nicht üblich. Aber wir kennen den Vertrag nicht, den Herr Achenbach mit ihr geschlossen hat. Wahrscheinlich ist der sogar illegal, hätte vor keinem Gericht Bestand. So darf man eine Autorin nicht knebeln. Aber Frau Engelreich hält sich daran. Dabei wäre es so einfach, mit uns in Kontakt zu kommen und weitere Romane ohne diese Agentur zu veröffentlichen. Aber wir haben uns bisher gesagt, okay, sie will es nicht. Ihr Buch verkauft sich gut. Was sie mit Herrn Achenbach vereinbart hat, kann uns daher egal sein. Aber seltsam ist es schon."

„Und die Lesungen?"

„Die hat auch Herr Achenbach organisiert."

„Wir haben keine Informationen im Netz gefunden."

„Wir haben uns darum nicht gekümmert. Wir wissen nicht, was Herr Achenbach organisiert hat. Wie gesagt: Der Kontakt ist gestört."

„Frau Waigel, Herr Achenbach war am Freitag, den 18.5. und auch noch am Samstag in Radolfzell. Er muss Sie doch angerufen oder sich mit Ihnen getroffen haben."

„Nein, hat er nicht. Er hat weder angerufen noch ist er in den Verlag gekommen. Wir haben ihn nicht gesehen."

„Warum aber fährt er ausgerechnet nach Radolfzell?"

„Das weiß ich nicht. Aber bitte sagen Sie mir doch endlich, um was es geht."

„Man hat Herrn Achenbach am Dienstag nach diesem Wochenende tot in Schaffhausen aufgefunden."

41

Alice Waigel hatte sich etwas vorgebeugt, die Augen zu schmalen Schlitzen zusammengezogen, blickte den Kommissar ungläubig an, als hätte sie sich verhört.

„Achenbach?"

„Ja. Achenbach."

Waigel schüttelte den Kopf, als könne sie es immer noch nicht glauben. Sie lehnte sich wieder zurück, fragte: „Was ist denn passiert? Wo hat man ihn gefunden?"

„Im Rhein. Was passiert ist? Das wissen wir noch nicht."

Katharina Luca mischte sich ein. „Wir gehen von einem Unglück aus."

Der Kommissar sah sie einen Moment fragend an, sagte aber nichts. Dann wandte er sich wieder Alice Waigel zu.

„Wo waren Sie an diesem Wochenende, also am Samstag und am Sonntag. Der 19. und der 20. Mai?"

Die Verlagschefin überlegte nicht lange.

„Die letzten Wochenenden war ich im Verlagsbüro. Wie immer. Wir sind nur zu Dritt. Meinen beiden Mitarbeiterinnen kann ich nicht zumuten, auch die Wochenenden dort zu verbringen. Was an Arbeit anfällt, erledige ich dann allein."

„Und am Samstagnachmittag und am Abend? Haben Sie mit jemandem telefoniert, der das bezeugen kann?"

„Nein. Ich habe mich um die Veranstaltung gekümmert, Einladungen geschrieben. Die Bestellliste abgearbeitet, ein paar Manuskripte gelesen. Irgendwann am Abend habe ich den Fernseher eingeschaltet, mich auf das Sofa gelegt. Ich schlafe öfter im Büro. Sonst schaffen wir die Arbeit nicht."

„Sie wissen noch, was Sie gesehen haben?"

Waigel verzog verächtlich den Mund. „Irgendeinen Film. Ich benutze den Fernseher zum Einschlafen. Wissen Sie noch, was Sie vor zwei Wochen gesehen haben?"

Brandt lächelte verständnisvoll.

„Nein."

„Sehen Sie! Aber ein gutes Buch vergisst man nicht."

Alice Waigel drehte den Kopf zur Mitte der Seeterrasse hin, wo das Buffet aufgebaut war. Daneben hatte der Verlag einen Bücherstand platziert.

„Wenn Sie mich bitte entschuldigen würden. Ich muss mich um meine Gäste kümmern. Wir können später gerne die Unterhaltung fortsetzen. Wenn Sie wollen, bedienen Sie sich an unserem Buffet. Sie dürfen auch ein Buch mitnehmen."

Sie warf einen kurzen Blick auf Katharina Luca, die schweigend zugehört hatte und sagte:

„Sie natürlich auch!"

„Nein danke!" antwortete die Kommissarin. „Wir sind dienstlich hier. Wir müssen heute noch nach Bonn zurück."

Alice Waigel erhob sich. „Entschuldigen Sie mich bitte. Ich muss mich noch mit Frau Quandt unterhalten. Sie ist ziemlich enttäuscht wegen der Lesung."

Brandt blickte zum Buffet. Dort stand gerade die Präsidentin der Buchhändler-Vereinigung, unterhielt sich mit der Gitarristin von den ‚Böhsen Tanten'.

Während Waigel dorthin ging, fragte der Kommissar:

„Meinst du das ernst, heute noch nach Bonn?"

„Nein. Natürlich nicht. Aber es schadet nicht, wenn sie das Gefühl hat, dass sie uns los ist."

„Was hast du für einen Eindruck von ihr?"

„Ich traue ihr nicht. Sie weiß mehr, als sie zugibt."

In diesem Moment hörte man vom Buffet her ein aufgeregtes Stimmengewirr. Ein paar Gäste waren hinzugeeilt, umringten anscheinend jemanden. Brandt und Katharina Luca standen auf, gingen rasch dorthin. Sie schoben einen der Gäste zur Seite, sahen die Verlagschefin auf dem Terrassenboden liegen. Die Gitarristin hatte ihren Arm unter den Kopf von Alice Waigel geschoben, hob ihn leicht, herrschte die beiden anderen von der Band, die dazugekommen waren, an: „Los! Sie braucht ihr Insulin. Die Tasche ist oben im Saal."

Alice Waigel hatte inzwischen die Augen wieder geöffnet, sah bleich aus, bemühte sich aber um ein Lächeln.

„Entschuldigung", sagte sie zu den Umstehenden. „Das passiert mir manchmal."

„Schon gut", meinte die Gitarristin. „Der ganze Mist war einfach zu viel für dich. Die holen jetzt deine Tasche."

42

„Wir werden uns auch mal mit den ‚Böhsen Tanten' unterhalten müssen", sagte Brandt. „Am besten mit der Gitarristin. Warten wir, bis Waigel sich ihre Spritze gesetzt hat."

„Vielleicht braucht sie einen Notarzt."

„Ach was! Sie kennt das Spiel ja. Die ist gleich wieder auf dem Damm."

Alice Waigel war aufgestanden, lächelte verlegen, ging mit der Gitarristin ins Restaurant. Nach fünf Minuten kam sie wieder, wirkte stabil und gefasst wie vorher. Sie ging an einen der Tische, wo die Präsidentin saß, setzte sich daneben, redete mit ihr. Jetzt kamen auch die drei Gothic-Damen aus dem Restaurant. Brandt ging zu der Gitarristin, zeigte seinen Ausweis. „Kripo Bonn, Brandt. Meine Kollegin und ich würden uns gerne mit Ihnen unterhalten. Wir haben ein paar Fragen. Kommen Sie bitte nach hinten an unseren Tisch. Da sind wir ungestört."

Ein vorwurfsvoller Blick traf ihn.

„Ihnen haben wir also diese Aufregung zu verdanken. Alice hat schon genug um die Ohren."

Widerwillig, die Mundwinkel verächtlich verzogen, folgte sie den beiden Kommissaren, setzte sich dahin, wo zuvor Alice Waigel gesessen hatte. Brandt konnte sie nun aus der Nähe genauer betrachten. Die Augen waren schwarz und katzenartig ummalt. Ein ganzes Bündel silberfarbener Ringe baumelte an den Ohren. Zwei Perlenketten liefen zwischen dem linken Nasenflügel und dem linken Ohr. Drei Piercingringe steckten in der Unterlippe. Die Schläfe links, dort wo sie die Kopfhaare abrasiert hatte, war blau schattiert. Auf der Stirn, zwischen den Augenbrauen, war ein schwarzer Skorpion eintätowiert. Brandt schätzte sie auf etwa 25 Jahre.

„Bellende Hunde beißen nicht", dachte der Kommissar. „Vielleicht ist diese böse Tante ja auch ganz lieb."

„Verraten Sie uns bitte Ihren richtigen Namen", begann er.

„Anna-Lena Müller, wenn Sie das unbedingt wissen müssen. Worum geht es hier überhaupt?"

„Das wissen Sie doch bestimmt schon!" schaltete sich die Kommissarin ein. „Frau Waigel wird es Ihnen eben im Restaurant erzählt haben."

„Die hat gar nichts erzählt. Sie hat sich nur ihre Spritze gesetzt."

„Wie ist Ihr Verhältnis zu Alice Waigel?"

„Verhältnis? Was meinen Sie damit?"

„Nun ja. Freundschaftlich, oberflächliche Bekanntschaft oder was auch immer. Sie kennen sich anscheinend gut."

„Alice unterstützt uns. Wenn Sie so wollen, sie ist unsere Mäzenin."

„Was heißt das?"

„Sie kümmert sich um Auftritte, finanziert die Werbung."

„Kennen Sie die Autorin Martha Engelreich?"

„Nein. Nie gesehen. Keine Ahnung."

„Und einen Arnold Achenbach? Er ist der Literaturagent."

„Auch nicht. Wir kümmern uns nicht um den Verlag. Wir machen Musik."

„Wo waren Sie am vorletzten Wochenende, also am 19. und 20. Mai? Wissen Sie das noch?"

„Ist das hier eine Quizveranstaltung?"

„Nein. Eine Befragung. Wir haben den Tod von Herrn Achenbach aufzuklären."

„Können wir doch nichts für, wenn der den Elvis macht."

„Elvis? Wie meinen Sie das?"

„Sagen wir so, wenn jemand tot ist."

„Also, Frau Müller. Das vorletzte Wochenende. Wo waren Sie an dem Samstag? Ist es Ihnen inzwischen eingefallen?"

„Na klar. Da hatten wir einen Auftritt in Gaienhofen, im Atelier am See. Da war eine Vernissage. Wenn Sie's genau wissen wollen, da waren wir schon am Nachmittag und sind erst um drei nachts nach Hause."

„Gut", meinte die Kommissarin. „Wir werden das überprüfen. Und jetzt sagen Sie uns bitte noch Ihre Adresse, Ihre Telefonnummer und ebenso für die zwei anderen. Falls wir noch weitere Fragen haben."

„Wenn's sein muss. Meinetwegen."

Katharina Luca zog ein Notizbuch aus ihrer Jackentasche, einen Stift.

„Ich höre."

Während sie sich Namen und Adressen notierte, ging Brandts Blick suchend über die Seeterrasse. Alice Waigel saß nicht mehr am Tisch der Präsidentin. Auch an keinem anderen. Sie war verschwunden.

„Wahrscheinlich ist sie wieder im Restaurant", dachte der Kommissar. Er wandte sich an Anna-

Lena Müller und fragte: „Was macht ihr Mädels eigentlich beruflich? Oder könnt ihr von eurer Musik leben?"

„Beruflich? Sie meinen, was wir in der toten Zone machen?"

„Wenn ihr das so nennt. Irgendeinem Job geht ihr doch nach. Oder landet ihr einen Hit nach dem anderen?"

„Kommt noch."

„Also, was macht ihr, wenn ihr nicht singt?"

„Wenn Sie's unbedingt wissen müssen. Die Leonie arbeitet bei ‚Skinwear', das ist ein Modeladen. Die Franzi im Büro bei ‚Rollfit'. Krananlagen. Und ich bei gar nichts. Und bevor Sie's rausbekommen, die Alice unterstützt mich."

43

„A casa del diavolo!" fluchte die Kommissarin, als die Gitarristin gegangen war. „Die stecken alle unter einer Decke. Wir jagen einem Phantom hinterher. Martha Engelreich gibt es nicht."

„Das seh' ich anders", widersprach Brandt. „Sie hat sich gegen einen Knebelvertrag gewehrt, sich von Achenbach befreit. Kein Wunder, dass sie nach dem Mord nicht in der Öffentlichkeit auftauchen will. Die kreuzt wahrscheinlich wirklich in der Karibik, hält sich erst einmal weit vom Schuss. Dadurch entkommt sie jeder unangenehmen Befragung."

„Und was, wenn zum Beispiel die Lektorin des Verlags dahintersteckt?"

„Wie denn? Dann ist Achenbach doch überflüssig. Sie kann das Manuskript direkt Waigel geben."

„Eben nicht. Sie ist nur die Lektorin. Von ihr wird eine ganz andere Arbeit erwartet. Was, wenn sie sich sagt: ‚Was diese Autorinnen können, kann ich auch. Waigel erwartet das aber nicht von mir, will es auch nicht. Dann würde der Verlag zu einem Selbstverlag. Also nimmt sie einen Umweg mit Pseudonym und schaltet die Agentur Achenbach ein."

„Hmm. Ja, möglich. Achenbach hätte sie in der Hand, könnte sie erpressen. Vielleicht durchschaut er zunächst selbst nicht dieses Spiel, merkt es erst, als er sich mit ihr trifft und sieht, dass es die Lektorin vom Verlag ist. Das Foto wird er ja auf der Website des Verlags gefunden haben. Kompliziert, aber nicht auszuschließen. Willst du jetzt auch noch die Lektorin unter die Lupe nehmen? Wir haben hier schon für genug Wirbel gesorgt. Kein Wunder, wenn die Waigel umkippt. Wie heißt die Lektorin überhaupt? Ich hab's vergessen."

„Annette Conzelmann. Sie steht am Bücherstand."

„Okay. Mach du das. Bring ein Buch mit! Lass dir von deinem Verdacht nichts anmerken. Ich geh inzwischen ins Restaurant, bestelle uns zwei Kaffee. Danach gehen wir in Konstanz essen. Mir knurrt der Magen."

Brandt stand auf, steuerte auf die Restauranttür zu, während Katharina Luca zum Bücherstand ging, dabei auch einen Blick auf das Buffet warf. Alice Waigel hatte sich nicht lumpen lassen, keine Kosten gescheut. Immer noch war es reichlich gedeckt. Das Restaurant hatte sich sogar die Mühe gemacht, die Köstlichkeiten mit kleinen daneben oder dahinter stehenden Schildchen zu beschriften. Da gab es bunte Salatplatten mit Schafskäse und Baguette, hausgemachte Käsespätzle, Fjordlachs an Meerrettichsahne, Saiblingfilet mit zerlassener Butter, Zanderfilet vom Grill, Hähnchenbrust an Currysauce, Schweinefiletspitzen an Calvados-rahmsößle, Entrecote gegrillt vom Angusrind mit Kräuterbutter, eine Schüssel mit Bärlauch-rahmsüpple. Auch an die Liebhaber gewöhnlicher Genüsse war gedacht. Es gab Wiener Würstle mit Brot und Schweineschnitzel mit Pommes Frites. Die Flaschen mit Ketchup und Mayonnaise waren diskret zur Seite gestellt. Die Desserts streifte die Kommissarin nur mit einem kurzen Blick. Es grenzte an Masochismus, daran vorbeigehen zu müssen. An Apfelstrudel, Crème brûlèe und Mousse au chocolat.

Aber was half es? Sie waren dienstlich hier und durften nicht den leisesten Verdacht der Bestechlichkeit aufkommen lassen. Auch wenn Alice Waigel sie zum Buffet eingeladen hatte. Brandt hatte recht. „Was macht das für einen Eindruck? Erst stören wir sie mit unseren Befragungen und überhaupt mit unserer Anwesenheit und dann schlagen wir uns am Buffet den Magen voll. Sieht nicht gut aus!" hatte er gesagt.

Ein Buch konnte man jedoch mitnehmen. Vielleicht fanden sich hier versteckte Hinweise. Das war dann sozusagen die Sicherung von Beweismaterial und hatte mit Vorteilsnahme nichts zu tun. Ein paar unverfängliche Fragen an die Lektorin stellen, bloß nicht zeigen, welchen Verdacht sie hegte. Auf die Mimik achten, die kleinen verräterischen Gesten. Vielleicht kamen sie dann endlich auf die entscheidende Spur.

44

Brandt war nicht sogleich zur Bedienung gegangen. Er hatte sich im Restaurant erst einmal umgeschaut. Ein paar Gäste saßen an den Tischen. Aber Alice Waigel war nicht darunter. Er ging die Treppe hoch zum ‚Oberen Saal'. Die Tür war verschlossen. Wahrscheinlich waren Aufregung und Enttäuschung doch zu viel für sie gewesen und sie hatte sich zurückgezogen, hatte den weiteren Ablauf der Veranstaltung ihrer Lektorin und der Vertriebsmanagerin überlassen. Warum sollte sie es nicht so handhaben? Es ging ja nur noch um das Buffet und den Bücherstand. Mit der wichtigsten Person des Abends, der Frau Dr. Quandt, hatte sie gesprochen. Warum aber die wirklich wichtigste Person fehlte, nämlich Martha Engelreich, war ein Rätsel. Die Geschichte mit der Kreuzfahrt erschien dem Kommissar, auch wenn sie möglich war, als zu fadenscheinig. Aber was steckte wirklich dahinter? Er kam kopfschüttelnd die Treppe wieder herunter, ging zur Bedienung.

„Haben Sie Frau Waigel gesehen, die Verlagschefin?" fragte er. „Ich würde sie gerne sprechen."

„Sie müsste auf der Seeterrasse sein."

„Da ist sie aber nicht."

„Tut mir leid. Dann weiß ich es auch nicht."

Für einen Moment überlegte der Kommissar, noch einmal seinen Dienstausweis zu zücken und eine eindringlichere Befragung zu starten. Aber was sollte das bringen? Sie hatten schon für genug Aufregung gesorgt. Das hier war nur die unschuldige Bedienung. Vielleicht hatte Katharina etwas herausgefunden. Er bestellte zwei Tassen Kaffee, ging zurück zum Tisch auf der Seeterrasse. Seine Kollegin war noch am Bücherstand, unterhielt sich mit der Lektorin des Verlags.

Als Katharina Luca zu ihm zurückkam, hob sie die Achseln, sagte:

„Die weiß angeblich auch nichts, gibt aber zu, es sei ein ziemliches Problem für den Verlag, keinen persönlichen Kontakt zu Engelreich zu haben. Wegen der zahlreichen Anfragen zu Lesungen. Die Chefin sei sauer, dass alles über Achenbach laufen muss. Aber letztlich sei das egal. Das Buch würde sich gut verkaufen. Was zwischen Achenbach und Engelreich ausgemacht sei, wäre deren Problem, nicht das des Verlags."

„Hat sie Achenbach persönlich gekannt?"

„Nein. Nur über Emails. Viel sei nicht zu lektorieren gewesen. Von anderen Manuskripten, wo das Komma wie mit dem Salzstreuer verteilt wird, hätte sich das von Achenbach vermittelte wohltuend abgehoben. Auch bei der Rechtschreibung und dem Stil des Ausdrucks. ‚Es war nahezu perfekt', hat sie gesagt."

„Hast du dich ihr zu erkennen gegeben?"

„Sie wusste es schon."

„Und zu Achenbachs Tod? Was hat sie gesagt?"

„Nichts. Keine Reaktion. Es hat sie nicht berührt."

„Er ist nie in dem Verlag erschienen?"

„Nein. Wie gesagt, der Kontakt beschränkte sich auf ein paar Emails."

Brandt lehnte sich in seinem Stuhl zurück, strich sich mit der rechten Hand durch das Haar.

„Was hast du vorhin gesagt? Auf italienisch? A casa...?"

„A casa del diavolo! Wir sind hier in der Hütte des Teufels."

45

Sie gingen nicht in Konstanz essen.

„Hier nicht!" hatte Brandt gesagt. „Ich hatte mir mehr erhofft, und nun soll ich ausgerechnet meinen letzten Fall ungelöst zu den Akten legen. Lass uns in Radolfzell wieder zum Türken gehen. Das sind wenigstens ehrliche Leute."

Auf der Fahrt von Konstanz nach Radolfzell war er meist schweigsam gewesen, hatte aber hin und wieder vor sich hingeflucht. Katharinas Spruch von der ‚casa' und dem ‚diavolo' konnte er jetzt sogar mit italienisch klingendem Akzent sagen.

„Wir kriegen das noch raus", hatte die Kommissarin ihn getröstet.

„Wie denn? Alle mauern. Wir haben nur eine ruinierte Wasserleiche und ein blödes Buch."

„Wir sind erst am Anfang der Ermittlung."

„Und am Ende. Auch Kessenich meldet sich nicht. Kann ja nur heißen, dass sie Rottmann noch nicht gefasst haben. Aber ob der das war? Geh ich nach Bauchgefühl, dann eher nein."

„Warte ab!"

Brandt lachte spöttisch. „Abwarten ist nicht meine Stärke. Abwarten kann ich noch, wenn ich aus diesem Scheißjob raus bin. Dann hab ich viel Zeit. Zeit für nichts."

„Sei nicht so hart zu dir! Wir hatten gestern wenigstens einen schönen Abend."

„Ja. Ja, ja! Dafür sind wir auch nach Radolfzell gefahren."

Der Kommissar verzog sein Gesicht zu einer leichten Grimasse, so als hätte er eigentlich sagen wollen: „Wäre es wenigstens noch eine schöne Nacht gewesen!"

Er saß am Steuer, fuhr etwas zu schnell, winkte mit der rechten Hand leicht ab.

„Hast recht. Kann einem im Prinzip scheißegal sein, dass dieser Achenbach tot ist."

„Du denunzierst unseren Beruf."

„Ich versuche das Schöne an unserem Ausflug zu entdecken."

„Und das ist was?"

„Ich bin gerne mit dir unterwegs. Aber es wurmt mich eben, wenn wir dieses Arschloch nicht finden, das Achenbach in den Rhein befördert hat."

Ein stiller Seitenblick traf ihn, den er genau in diesem Moment erwiderte.

„Schade", dachte der Kommissar. „Wenn sie jetzt doch sagen würde: ‚Dann tröste dich wenigstens mit mir!'"

Aber das sagte sie natürlich nicht.

„Ich bin für den Quatsch auch viel zu alt", murmelte Brandt vor sich hin.

„Unsinn!" sagte sie. „Gerade in deinem Alter kannst du den Täter finden. Du hast Erfahrung. Wer denn sonst?"

46

„Was hältst du davon, wenn wir uns den Türken schenken?" sagte Katharina Luca, als sie Radolfzell erreicht hatten. „Wir haben eine Ferienwohnung mit Küche. Ich koche. Etwas Einfaches, aber Leckeres. Der Supermarkt hat noch auf. Lass dich verwöhnen!"

„Gerne!" antwortete Brandt. „Das habe ich seit einer Ewigkeit nicht mehr gehabt. Ich bin gespannt. Italienisch?"

„Nur das Dessert. Davor das ist international. Ich muss immer noch an das verpasste Buffet denken."

Im Supermarkt schob er den Einkaufswagen. Es gefiel ihm, neben oder hinter ihr zu gehen und zu sehen, was sie aus den Regalen herausnahm und in den Wagen legte. Grünen Spargel, ein Töpfchen mit frischem Salbei, eine Knoblauchzwiebel, Tagliatelle, Lachs, Chili, Sauce Hollandaise, Sahne, Eier, Butter, Mascarpone, Löffelbiskuits, Zucker, Kakaopulver. Beim Weinregal war er an der Reihe, entschied sich für zwei Flaschen Grauen Burgunder.

„Noch eine!" sagte Katharina Luca. „Die brauche ich für den Lachs."

„Was hast du mit Mascarpone und den Löffelbiskuits vor und dem Kakaopulver?" fragte er.

„Kennst du nicht?" fragte sie erstaunt. „Das gibt Tiramisu."

„Schon mal gehört, aber keine Ahnung. Klingt kompliziert."

„Ist es überhaupt nicht. Du kannst ja zusehen, wie ich es mache. Dann lade ich mich demnächst bei dir ein."

„Unbedingt!" Brandt lächelte. Die Vorstellung gefiel ihm. Das Rad im Kopf drehte sich langsamer. Für eine Weile vergaß er, an Achenbach, Rottmann und all die anderen zu denken. Schließlich gab es auch noch ein Leben außerhalb des Dienstes.

Später, in der Küche, sah er ihr zu, wie sie Tiramisu machte. Es war wirklich einfach. Sie quirlte zwei Eidotter unter das Mascarpone, gab Zucker hinzu, schlug das Eiweiß zu Schnee, unterschichtete es behutsam, weichte die Löffelbiskuits mit Kaffee auf, belegte damit eine Auflaufform. Darüber kam dann die Mascarponemischung, wurde mit Kakaopulver bestreut. Sie schob die Auflaufform in den Kühlschrank.

„Das war's", sagte sie. „Du siehst, es ist ganz einfach. Und jetzt raus mit dir!"

Brandt ging auf den Balkon, drehte sich eine Zigarette. Er dachte nicht mehr an den Fall, sondern daran, wie schön es war, mit Katharina einkaufen zu gehen und ihr in der Küche zuzusehen. Und überhaupt, sie um sich zu haben. Er schüttelte erstaunt den Kopf und sagte vor sich hin:

„Irgendetwas hast du falsch gemacht und versäumt. Eine Frau im Haus ist etwas Wunderbares."

Zugleich kam aber ein melancholisches Bedauern. Wie sollte das gehen mit dem Altersunterschied? Ihre Eltern waren genauso alt wie er. Das war komisch. Ihre Brüder konnten seine Söhne sein. Brandt blies nachdenklich ein paar Kringel in die Luft und dachte:

„Es ist passiert. Ich habe mich in Katharina verliebt. Wie bekomme ich das wieder weg? Mit so einem blöden Gefühl kann man doch nicht leben. Vor allem, wenn es aussichtslos ist und keine Zukunft hat. Nur die Gegenwart und den Moment genießen? Das geht schon mal gar nicht."

Er drückte die Zigarette im Aschenbecher aus, langsam, bedächtig, so als wolle er die eigene Glut zum Verlöschen bringen. Er schüttelte den Kopf. Ja, die Zigarette war ausgegangen, aber dieses Gefühl in ihm schien von Minute zu Minute stärker zu werden.

47

„Du bist auch eine excellente Köchin!" lobte Brandt, als sie am Tisch saßen und er die ersten Bissen probiert hatte. Er betonte das ‚auch'. „Der Spargel knackig, die Tagliatelle al dente, angenehm scharf und mit irgendeinem besonderen Geschmack. Was hast du damit gemacht?"

„Nicht viel. Nur mit Salbeibutter übergossen. Das ist keine Kunst. Und der Lachs?"

„Wunderbar. Wie frisch gegrillt. Das Knoblauch passt gut dazu. Du hast die Filets in Wein eingelegt?"

„Mit Wein übergossen. Salz, Pfeffer, etwas Chili und Knoblauch dazu. Das war's. Kannst du auch."

Als das Tiramisu an der Reihe war, wiederholte er sein Kompliment.

„Man könnte noch einen Schuss Eierlikör dazugeben", meinte sie.

Nach dem Essen griff sie zur Fernsehzeitschrift, blätterte das Programm durch. Sie spitzte die Lippen, pfiff.

„Großartig", sagte sie. „'Die purpurnen Flüsse' um viertel nach acht. Mit Jean Reno. Den seh' ich gerne. Mein Lieblingsschauspieler. Sieht dir übrigens ähnlich. Ist nur ein paar Jahre älter."

Brandt blickte auf die Uhr. „Kommt ja in ein paar Minuten."

Er überlegte. Es wäre angenehm, neben Katharina auf der Couch zu sitzen. Zugleich aber auch irgendwie quälend. Er hatte das Bedürfnis, sie in den Arm zu nehmen. Den Film würde er kaum verfolgen. Auch der Fall Achenbach ging ihm wieder durch den Kopf.

„Ich fahr noch runter zum See", sagte er. „Muss in Ruhe die Gedanken ordnen. Jetzt fernsehen ist nichts für mich. Wenn der Film zu Ende ist, bin ich wieder da."

„Deine übliche Abendstunde auf der Terrasse?"

„Ja. Dieses Mal halt am See. Auf der Bank neben dem Bischof. Der sieht so ruhig und gelassen aus. Steckt vielleicht an."

Er verabschiedete sich, fuhr mit dem Wagen zum Bahnhof, parkte dort, ging durch die Unterführung zum See. Als er zu der Bank kam, saß schon jemand dort. Der Mann, dessen Alter er schwer einschätzen konnte, er schien ihm aber in den Sechzigern zu sein, hatte einen Einkaufstrolley vor sich stehen, daneben einen Rucksack. Er trug eine grüne verwaschene Fleecejacke, abgewetzte Jeans mit ein paar Rissen am Knie, verfleckte Turnschuhe. Auf dem Kopf saß eine blaue Pudelmütze, an deren Rändern sich graue Locken ringelten. Der weiße, dichte Bart hatte lange keine Schere mehr gesehen.

Der Kommissar wollte sich schon nach einer anderen Bank umsehen. Der Landstreicher bemerkte sein Zögern, winkte ihm zu und rief:

„Hier ist noch ein Plätzchen frei."

„Warum nicht?" dachte Brandt. „Die Leute von der Straße haben viel zu erzählen. Außerdem fehlt ihnen jeder Dünkel. Es könnte eine angenehme Gesellschaft sein. Ablenkung schadet mir im Moment nicht."

Er setzte sich neben den Mann. Der nickte ihm freundlich zu und sagte:

„Wenn wir jetzt ein Bier hätten! Ich bin der Klaus. Und du?"

„Konrad."

„Ach enee! Wie der Alte, der Bundeskanzler von damals. War en guter Typ. Heute die Kanaillen denken ja nur an sich und wie sie einem das Geld aus der Tasche ziehen können."

Brandt ließ das unkommentiert, lächelte und sagte: „Gute Idee mit dem Bier. Der Kiosk im Bahnhof hat noch auf. Ich hol uns ein paar Döschen. In ein paar Minuten bin ich wieder zurück."

„Wirklich?"

„Aber ja doch. Wenn ich das sage, halte ich das auch."

48

„Da biste ja wieder", sagte der Vagabund anerkennend, als Brandt mit vier Dosen Bier zurückkam. „Dachte schon, du hätt'st dich vom Acker gemacht."

„Seh ich so aus?" knurrte der Kommissar und reichte ihm eine Dose.

„Na ja, bist halt eher ein feiner Herr."

Der Landstreicher kramte jetzt in seinem Rucksack, seine Hand erschien mit einem Bierseidel, das bayrische Wappenzeichen war aufgedruckt, ein Schild mit blauweißem Rautenmuster.

„Hab' ich aus München mitgebracht. Letztes Jahr vom Oktoberfest."

Er knackte die Dose, schüttete das Bier in den Seidel.

„Ein bisschen Kultur muss sein", sagte er. „Sonst gehste ja vor die Hunde."

Brandt öffnete auch eine Dose. „Na, dann Prost! Sie sind von hier?" fragte er.

„Nee, aber hier gefällt's mir. Ich zieh überall rum."

„Obdachlos?"

„Kann man so sagen. Ab und zu wohn' ich bei meiner Schwester in Augsburg. Aber nie für lange."

„Und wo schlafen Sie?"

„Hab'nen Behindertenausweis, kann umsonst mit dem Zug fahren. Da schlaf ich dann manchmal. Aber schöner ist hier im Zelt. Muss aber immer warten, bis es dunkel ist. Gibt sonst Ärger."

„Und wie kommt es, wenn ich das fragen darf, dass Sie obdachlos geworden sind?"

„Klar. Darfste fragen. Geht ganz einfach. Hatte ne Gärtnerei in Augsburg. Dann kam der Unfall. Frührente, konnte den Kredit nicht mehr zurückzahlen, gehörte ja alles noch nicht mir. Und dann ist die Frau laufen gegangen. Kann ich sogar verstehen. Ich hätt' auch nicht mit mir leben wollen. Aber wie heißt dat so schön? Et jeht immer weiter."

Der Obdachlose nahm einen kräftigen Schluck, musterte den Kommissar.

„Na siehste", meinte er. „Tut gut. Siehst jetzt auch nicht mehr so bedröppelt aus."

„Bedröppelt?" fragte Brandt erstaunt zurück.

„Irgend'nen Kummer haste. Sieht man doch. Krach mit deiner Alten?"

Der Kommissar schüttelte den Kopf.

„Nein. Bin unverheiratet."

„Dann haste eben Krach mit deiner Freundin. Ich hab' da ein Näschen für. Die Männer gucken dann immer so traurig. So wie du."

Brandt musste lächeln. Warum sollte er es dem Mann nicht erzählen? Er würde ihn nie wiedersehen und konnte ihm ohne Bedenken sein Herz ausschütten. Er gab zu: „Ganz Unrecht haben Sie nicht. Sagen wir es so: Ich bin etwas unglücklich verliebt."

„Ach du je! Dat is ja dat Allerschlimmste. Du willst und sie will nicht?"

„Weiß ich nicht. Sie ist erheblich jünger, könnte meine Tochter sein."

„Ach du je! Wie alt biste denn?"

„65."

„Und sie?"

„38."

„Jeht doch. Siehst doch immer noch fit aus. Oder steht sie mehr auf jüngere Kerle?"

„Weiß ich nicht. Danach frage ich sie nicht."

„Musste aber ausloten."

„Ach was! Wie denn?"

Der Obdachlose hob die Schultern, nahm einen weiteren Schluck.

150

„Weiß ich auch nicht. Ist halt kompliziert."

Dann fragte er: „Die Dame ist von hier? Du kommst aber woanders her."

„Wir sind beide beruflich unterwegs."

„Beruflich? Wat machste denn?"

Brandt überlegte einen Moment. Er musste ja nicht alles erzählen, auch wenn er den Mann nie wiedersehen würde. Wahrscheinlich wäre der eingeschüchtert bei der Auskunft: „Bin Kommissar". Der unbefangene Redefluss würde versiegen. Also wich er aus und sagte:

„Wir sind für eine Recherche am Bodensee unterwegs."

„Zeitung?"

„So ungefähr."

Der Obdachlose schien zu überlegen, was er mit der Auskunft anfangen sollte. Er fragte aber nicht weiter nach, gab sich damit zufrieden, widmete sich lieber dem Krug, schwieg eine Zeit lang, bis Brandt den Gesprächsfaden wieder aufnahm.

„Kann man denn so einfach hier am Bodensee zelten? Oder gehen Sie auf einen Campingplatz?"

„Campingplatz? Ach wat! Kann ich mir mit meiner Rente nicht leisten. Gottes freie Natur ist viel schöner und kostet nichts."

„Gibt das keinen Ärger?"

„Nee. Ich warte immer, bis es ganz dunkel ist. Dann schlag ich hier das Zelt auf. Wenn es warm ist und regnet nicht, pack ich auch nur den Schlafsack aus."

„Kein Problem mit der Polizei?"

„Mit der nicht. Die laufen ja nicht hier rum. Ärger hatt' ich nur mal mit so'ner ollen Segeltante."

Der Mann zeigte zu einem Steg am Yachthafen.

„Die hat im Dunkeln mit ihrem Boot da angelegt, kommt an mir vorbei und schnauzt mich an. Ich soll verschwinden. Die war richtig giftig."

Der Kommissar wurde hellhörig.

„Wann war das denn?" fragte er.

„Ach, ist schon länger her. Vor zwei Wochen ungefähr."

„Und wie sah diese Dame aus?"

„Konnt' ich nicht erkennen. Die hat mir mit einer Funzel ins Gesicht geleuchtet. Aber ne Große, Schlanke war das. Mit der war nicht gut Kirschen essen. Ich hab' dann den Schlafsack zusammengerollt, bin ein paar hundert Meter weitergezogen."

„Wo genau war das mit dem Boot? Wo hat es angelegt?"

„Da vorne am ersten Steg. Aber den Steg weiter runter. Mehr hinten."

„Können Sie sich genauer an den Tag erinnern? Werktag, Wochenende?"

„Nee. Ich halt' die Tage nicht mehr auseinander. Könnt aber eher so gegen das Wochenende hin gewesen sein."

„Und um welche Zeit war das? Ich meine um wieviel Uhr?"

„Weiß ich nicht. Aber war schon spät. Könnte Mitternacht gewesen sein. Warum wollen'se das denn so genau wissen?"

„Weil wir nicht von der Zeitung sind. Meine Kollegin und ich haben einen Mord aufzuklären."

„Ach, Herrje!" Der Mann zog sich die Pudelmütze vom Kopf, strich sich mit der Hand durch die Haare.

„Bekomme ich jetzt Ärger?" fragte er.

„Nein. Im Gegenteil. Vielleicht haben Sie uns sehr geholfen."

49

Es war inzwischen dunkel geworden. Der Steg und die Boote waren nur noch als Silhouetten im Dämmerlicht zu erkennen.

„Ich werde mir das mal ansehen", sagte Brandt.

„Kommste nicht drauf", meinte Klaus. „Ist abgesperrt."

Der Kommissar warf einen prüfenden Blick dorthin. Am Anfang des Stegs verschloss ein Gittertor den Zugang. Jeweils einen Meter rechts und links davon lief ein Stück Drahtzaun ins Wasser."

„Dann vom Ufer aus eben drumherum. Wird nicht so tief sein."

„Ich verzieh mich lieber", meinte der Obdachlose. „Will keinen Ärger."

„Ach was!" beruhigte ihn Brandt. „Ich bin gleich wieder da. Die beiden Dosen hier sind noch für Sie. Ich habe mit einer genug."

Der Blick des Obdachlosen wanderte ein paar Mal hin und her zwischen dem Kommissar und den beiden Bierdosen, die Brandt vor die Bank auf den Boden gestellt hatte. Er überlegte. Was war besser? Sich aus dem Staub zu machen oder weiter hier zu sitzen und den Seidel zu füllen. Aber dann hatte er sich entschieden. Ein Bier bekam er nicht alle Tage spendiert.

„Na gut", sagte er. „Aber nehmen'se ne Taschenlampe mit."

Er kramte in einem Seitenfach des Rucksacks. Seine Hand erschien mit einer Taschenlampe. Er gab sie dem Kommissar. „Wiedersehen macht Freude!" sagte er, bückte sich nach einer Bierdose, knackte den Verschluss, füllte den Krug nach.

„Bist in Ordnung", meinte er. „Da hat unsereins ja schon ganz andere Erlebnisse gehabt."

Brandt steuerte auf den Steg zu, leuchtete mit der Lampe ins Wasser. Tief war es wirklich nicht. Einen Meter vielleicht. Das Jagdfieber hatte ihn gepackt. Wenn Schuhe und Hose nass wurden, war das egal. Er wollte sich unbedingt dieses Boot ansehen, das am Ende des Stegs liegen würde. Zeitlich passte das ja. Da war jemand vor ungefähr zwei Wochen um Mitternacht von einer Tour zurückgekommen. Eine ungewöhnliche Zeit für einen Ausflug. Eine große, schlanke Frau. Unwillig, zornig hatte sie auf den Obdachlosen reagiert, der Zeuge ihrer Ankunft geworden war. Warum so eine Reaktion? Warum hatte sie ihn geblendet, so dass er nicht viel erkennen konnte? Sicher, die Erklärung konnte auch eine ganz einfache sein. Sie hatte sich erschrocken, dass da jemand in einem Schlafsack lag. Und vielleicht war es auch nicht ungewöhnlich, spät im Dunkeln von einer Tour zurückzukommen. Der Kommissar blickte über den See. Jetzt um diese Zeit sah man Lichter nur in den Häusern nahe am Ufer. Da war kein Boot mehr draußen. Er watete durch das Wasser, das tiefer wurde und ihm nach ein paar Metern bis zur Hüfte reichte, zu dem Gitterzaun, schwang sich drumherum, stemmte sich auf den Steg hoch, ging die Reihe der Boote entlang. Es waren kleine Segelschiffe und auch ein paar Motoryachten mit Kajüte. Die Boote schaukelten sanft auf dem Wasser. Ab und zu gluckste es unter dem Kiel. Die Taschenlampe streifte über die Namen. Die meisten Namen waren weiblich. Lena, Rosalie, Mary. Wahrscheinlich wollte der Besitzer des Bootes seiner Angebeteten eine Freude machen. Andere

Namen stammten aus Mythen oder Legenden. Artemis, Venus, Loreley. Hin und wieder hieß ein Boot auch ,Westwind', ,Passat' oder ,Schirokko'.

Der Kommissar hatte fast das Ende des Stegs erreicht. Auf dem vorletzten Anlegeplatz schaukelte eine Motoryacht. Der Lichtkegel der Taschenlampe streifte den Bug entlang, fand den Namen, verweilte. Brandt las, spitzte die Lippen. Ein überraschter Pfiff löste sich. Auf dem Bug stand ,Penthesilea'.

50

Brandt tastete mit der Taschenlampe die ,Penthesilea' ab. Das Boot mochte etwa sechs oder sieben Meter lang sein. Vorne am Bug war eine Kajüte, rechts neben dem Eingang der erhöhte Fahrersitz mit Steuerrad, daneben ein Sitz für den Beifahrer. Um das mit Holzplanken ausgelegte offene Heck lief eine Reling. Innen im Heck waren an den Seiten schmale, gepolsterte Bänke und ein Klapptisch angebracht. Unter der Bank auf der linken Seite lagen ein Stemmeisen und ein Hammer. Daneben eine Schwimmweste. Eine Badeleiter führte vom Heck ins Wasser. Das Kajütboot musste einen Innenbordmotor haben, so dass es mit dem Heck zum Steg hin vertäut werden konnte. Vier rote, an der Reling angebrachte Fender schützten das Heck, wenn es vom Wellengang gegen die Stegkante schlug und sich dort rieb. Eine Leiter reichte vom Steg zum Wasser, so dass man mit nur einem Schritt hinten auf das Boot steigen konnte.

Der Kommissar zögerte einen Moment. Sollte er sofort Katharina anrufen, ihr von seiner Entdeckung berichten? Sollte sie die Spurensicherung der Konstanzer Kollegen alarmieren? Es war ja denkbar, dass sich das Drama um Achenbach auf dem Boot abgespielt hatte. Mit wem? Wem vom Verlag gehörte das Kajütboot? Gehörte es vielleicht sogar Martha Engelreich? Das würde man mit einem Anruf beim Amtsgericht, das den Schiffsbrief ausstellte, herausfinden können. Aber erst einmal konnte er selbst die ‚Penthesilea' einer kurzen Prüfung unterziehen. Fanden sich vielleicht noch Blutspuren im Heck? Was würde sich bei einem Blick in die Kajüte zeigen? Niemand war an Bord. Niemand würde um diese Zeit kommen. Er war ganz allein auf dem Steg. Nichts war zu hören, bis auf das Glucksen des Wassers unter dem Kiel des Bootes. Und gelegentlich quietschten die Fender, wenn das harte Gummi sich am Steg rieb.

Der Kommissar setzte seinen rechten Fuß auf die oberste Sprosse der Stegleiter, erreichte mit einem Spagat den Rand des Hecks, balancierte, wartete, bis ein Wellenschlag sich verlaufen hatte, zog den rechten Fuß nach und stieg auf die hintere Rückbank, von dort auf die Planken. Der Kegel der Taschenlampe glitt über die Planken, verweilte an einer Stelle, die sich heller vom Boden abhob, als wäre sie frisch geschrubbt worden. Er machte ein paar Schritte auf den Eingang zur Kajüte hin, drückte die Klinke. Die Tür war verschlossen. Er leuchtete durch ein Fensterglas in das Innere, erblickte eine Küchenzeile mit Schränken, gegenüber eine Bank mit Klapptisch. Ganz vorne am Bug war eine erhöhte Schlafkoje mit einer ausgelegten Matratze. Der Strahl der Taschenlampe fiel dort auf eine Figur aus Messing oder Bronze mit einem quadratischen, wuchtigen Sockel. Vierzig oder fünfzig Zentimeter mochte die Skulptur hoch sein. Zuerst dachte Brandt an die Darstellung eines Kriegers. Wegen des Helms und dem Köcher, der hinter der Schulter hervorragte und mit Pfeilen bestückt war. Dann aber sah er die entblößte, vom Gewand nicht bedeckte rechte Brust.

„Das wird Penthesilea sein", überlegte er. Die Amazone, die den Achill getötet hat. Was sich wohl in den Schränken verbirgt? Vielleicht Achenbachs Handy, die Schlüssel, seine Brieftasche mit den Papieren. Und was vielleicht noch? Aber das war eine Angelegenheit der Konstanzer Spurensicherung wie auch die frisch geschrubbte Planke im Heck. Wenn da Blut gewesen war, wäre das mit Luminol immer noch nachzuweisen. So gut konnte niemand Spuren beseitigen.

Noch einmal glitt der Lichtkegel der Taschenlampe über die Figur. Dieser herrische, entschlossene Gesichtsausdruck, der auch von den Locken, die unter dem Helm bis auf die Schulter fielen, nicht gemildert wurde.

Brandt zog sein Smartphone aus der Jackentasche, schaltete es ein, strich zum Entsperren mit dem Zeigefinger über das Display, tippte auf den grünen Telefonbutton. Die Seite mit den Kontakten erschien. Unter ‚Favoriten' war Katharina mit einem Foto gespeichert. Er tippte auf das Bild, hielt das Handy ans Ohr, hörte den ersten Signalton. In diesem Moment traf ihn ein Schlag auf den Kopf. Ein greller Blitz zuckte in ihm auf.

Dann sank er an der Kajütentür bewusstlos zu Boden.

51

Sie wartete. Seit einer Viertelstunde war der Film zu Ende. Sie hatte eine Flasche Burgunder aus dem Kühlschrank geholt, auf den Balkontisch gestellt, dazu zwei Gläser. Auch eine Kerze brannte schon. Eigentlich war Konrad Brandt immer pünktlich, auf die Minute zuverlässig. Er hatte doch gesagt: „Wenn der Film zu Ende ist, um viertel vor zehn, bin ich wieder zurück." Jetzt war es zehn Uhr. Sicher, diese eine Viertelstunde hatte nichts zu bedeuten, aber dann hatte ihr Handy geklingelt, seine Nummer war auf dem Display erschienen, aber er hatte den Anruf wieder unterdrückt. Warum? Es folgte auch kein neuer Versuch. Da hatte sie seine Nummer gewählt. Aber er hatte sein Handy abgeschaltet. Das war seltsam, beunruhigte sie. Sie ging ins Schlafzimmer, öffnete das obere Schrankfach. Dort hatten sie, wenn sie in die Wohnung kamen, Holster und Pistolen abgelegt. Er hatte seine Waffe nicht mit an den See genommen. Sie legte sich ihr Schulterholster um, schob die Pistole in die Tasche, streifte die Lederjacke über.

Sie suchte eine Radolfzeller Taxinummer, rief an. Fünf Minuten später stand der Wagen vor der Tür. Sie stieg ein. „Zum Bahnhof bitte!"

Dort stieg sie aus, ging durch die Unterführung zum See, steuerte auf die Bank neben der Bischofsfigur zu. Warum saß er immer noch dort? Erst als sie näherkam, erkannte sie, dass er es gar nicht war. Ein Obdachloser saß da, hielt einen Krug in der Hand, hatte vor sich einen Rucksack und einen Einkaufstrolley stehen.

Sie ging zu der Bank, stellte sich davor, fragte: „Haben Sie hier einen Mann gesehen, Mitte sechzig, dunkelrote Lederjacke? Ich suche ihn."

Der Landstreicher verzog das Gesicht. „Bist wohl sein Kummerkind", sagte er. „Dat haste nun davon. Der is mit 'ner anderen weg. Und meine Taschenlampe hatt'er auch. Ich brauch die."

„Kummerkind? Andere?" fragte sie irritiert. „Wo ist er?"

Der Vagabund zeigte zum Steg. „Der ist zu 'nem Boot. Am Zaun vorbei durchs Wasser auf den Steg. Der konnt' nicht warten. Dann ist die Frau gekommen."

„Wie sah die Frau aus?"

„Konnt' ich nicht erkennen. Groß war sie. Die hat das Tor aufgeschlossen und dann hinten irgendwo auf 'en Boot. Und dann sind die auch schon weg."

Katharina überlegte fieberhaft. Die Gedanken überstürzten sich. Was machte ihr Kollege auf dem Bootssteg? Warum zuerst durch das Wasser? Hätte er eine Verabredung gehabt, hätte er ja warten können, bis die Frau kam und das Tor öffnete. Hier musste etwas anderes passiert sein.

„Wohin ist das Boot?" fragte sie. „Richtung Konstanz?"

„Nee, erst raus auf den See, dann rechts rum. Richtung Schweiz."

„Was für ein Boot?" fragte sie.

„Keine Ahnung. Gesegelt sind die nicht. Aber die Beleuchtung hamm'se angemacht. War so'n mittelgroßes wie das da vorne."

Er zeigte auf ein Kajütboot, das am Anfang des Stegs lag. „Eher noch en bisschen kleiner", fügte er hinzu. „Aber nicht viel."

Sie zog ihr Smartphone aus der Jackentasche. Sie brauchte ein Boot der Wasserschutzpolizei. In Radolfzell gab es keine. Die gab es dort nur in einer Fernsehserie, die sich Radolfzell als Drehort ausgesucht hatte. Aber sie hatte die Nummer der Konstanzer Kollegen, rief an, schilderte hastig, was geschehen war, wurde weitergeleitet zur Wasserschutzpolizei auf der Reichenau, wurde noch einmal weiterverbunden, musste noch einmal erzählen, worum es ging.

„Ja. Wir kennen den Fall", sagte der Polizeimeister auf dem Boot. „Wo sind Sie?"

„In Radolfzell. Am Yachthafen."

„Gehen Sie nach rechts zur Mole, zur Anlegestelle der BSB, wo die ‚Radolfzell' liegt. Wir sind gerade an der Spitze Mettnau. In fünf Minuten sind wir da, nehmen Sie an Bord."

„Sach, der soll die Taschenlampe wieder mitbringen", rief ihr der Obdachlose hinterher, als sie zur Anlegestelle eilte. „Ich hab' nur die eine."

52

Zuerst spürte er einen stechenden Schmerz im Kopf. Als er die Augen langsam öffnete, sah er auf Holzplanken. Er hörte einen Motor heulen, Wind strich ihm über das Gesicht, ihm war, als säße er in einem Autoscooter, der über unwegsames Gelände jagte. Er wollte mit der rechten Hand den Kopf befühlen, aber er konnte nicht. Auch nicht mit der linken. Dann sah er vor sich eine Gestalt sitzen, die ihm den Rücken zugedreht hatte. Langes Haar wehte wie eine Flagge im Wind. Als er realisierte, dass er in einem Boot saß, kehrte die Erinnerung zurück. Die Kajüte vor ihm, da hatte er mit einer Taschenlampe hineingeleuchtet, die Figur entdeckt. Er hatte sein Smartphone aus der Tasche gezogen, Katharina anrufen wollen, aber da war es schon zu spät gewesen. Der Schlag, der Blitz im Kopf, die vollkommene Dunkelheit, als sei er ausgelöscht worden. Noch einmal versuchte er die Arme zu bewegen, dann wurde ihm bewusst, dass er gefesselt war. Sie hatte ihm die Hände hinten an die Reling gebunden. Wie ein Film liefen die Bilder an ihm vorbei. Konstanz, die Preisverleihung, die Befragungen auf der Seeterrasse, das Verschwinden von Alice Waigel, die Gitarristin von den ‚Boehsen Tanten', der Einkauf mit Katharina, das Abendessen, der Obdachlose auf der Bank. Seine Schilderung von der Frau, die ihn um Mitternacht verjagen wollte. Und dann fiel ihm Kessenich ein, der gemahnt hatte:

„Keine Alleingänge, keine Vorprüfung mehr, wenn du einen Verdacht hast."

Ja, es war leichtsinnig gewesen, sich allein auf das Boot zu begeben. Ob Katharina wenigstens noch den Anrufversuch mitbekommen hatte? Das wusste er nicht. War da wenigstens noch der erste Signalton gewesen? Dann würde seine Nummer auf ihrem Display erscheinen. Wahrscheinlich wartete sie jetzt auf ihn.

Wer war die Frau dort am Steuer des Bootes? Vorne an den Bugseiten waren Lichter. Ein rotes links, ein grünes rechts. Und wendete er den Kopf, dann brannte eins auch hinter ihm, ein weißes.

Aber das Licht war zu wenig, um mehr als die Silhouette zu erkennen, das Haar im Wind.

„Was soll das?" rief er in den Motorenlärm hinein. „Was machen Sie?"

Da drehte sie sich um.

„Den Verlag retten, Herr Kommissar. Sie hätten nicht kommen dürfen."

An der Stimme erkannte er, dass es Alice Waigel sein musste. Und jetzt sah er auch mit der Gewöhnung an die Dunkelheit deutlicher die Konturen des Gesichts.

„Indem Sie mich niederschlagen und anbinden?"

„Tut mir leid. Es ging nicht anders."

„Und jetzt?"

„Werden Sie eine Reise machen."

„Wie Achenbach?"

„Wie er."

„Sie haben keine Chance, Frau Waigel. Meine Kollegin wird mich suchen und außerdem…"

Er hielt inne. Er hatte an den Obdachlosen auf der Bank gedacht. Er hatte einen Zeugen. Aber den würde er in Gefahr bringen, wenn sie zurückkäme. Der konnte ja nicht ahnen, was passiert war. Und Alice Waigel schien keine Skrupel zu haben.

„Was außerdem?" fragte sie.

„Und außerdem wird sie Ihr Boot finden. Das können Sie nicht verstecken."

„Sie werden nichts beweisen können. Ich werde es versenken. Das ist schon vorbereitet."

„Deswegen waren Sie verschwunden?"

„Ja. Ich war erst auf dem Boot, dann im ‚Stella di Lago'. Habe auf die Dunkelheit gewartet. Dann habe ich gesehen, wie Sie mit der Taschenlampe auf den Steg sind."

Brandt schwieg. Daher also Hammer und Stemmeisen auf der Bank. Sie war von Konstanz, während sie noch auf der Seeterrasse waren, nach Radolfzell gefahren, hatte sich das Werkzeug besorgt, es auf das Boot gebracht und war dann in das Restaurant am Yachthafen gegangen, hatte die Dunkelheit abgewartet. Vom ,Stella di Lago' aus hatte sie den Steg im Blick. Er überlegte, während die ,Penthesilea' durch die Nacht jagte. Alice Waigel hatte sich wieder nach vorne gedreht. Mit der linken Hand hielt sie das Steuerrad, die rechte ging zu einem Schalter am Armaturenbrett. Über der Kabinentür, mitten auf dem Kajütdach flammte ein weißes Licht auf.

„Es soll ja alles seine Ordnung haben", rief sie ihm zu. „Nicht, dass uns noch wegen eines fehlenden Positionslichts die Polizei anhält!"

53

Sie zerbrach sich den Kopf. Wie konnte er nur im Dunkeln in ein Boot steigen! Che trascuratezza! Was für ein Leichtsinn! Jetzt verstand sie auch Kessenichs Mahnung, der ihr kurz vor der Reise gesagt hatte: „Passen Sie auf den auf!"

Ja, aber wie denn? Sie konnte ihn nicht an die Leine legen. Es war ja nichts dagegen zu sagen, wenn er abends an den See ging, um eine Stunde seine Ruhe zu haben. Ein wenig machte sie sich auch Vorwürfe. Sie hätte ihn begleiten sollen, statt sich diesen Film anzuschauen. Wahrscheinlich hatte er wirklich nur in Ruhe nachdenken wollen, nichts vorgehabt. Sonst hätte er seine Pistole nicht in der Ferienwohnung gelassen.

Die Zeit dehnte sich. Die Minuten schienen ihr endlos, als sie an der Mole wartete. Dann endlich sah sie die Lichter des Bootes auf sich zukommen. Sie sah den blauen Rumpf, den weißen Kajütaufbau. Die ‚Schwaben 21' legte längs an.

„Kommen Sie!" forderte sie ein Seepolizist auf und reichte ihr die Hand. Es war der, mit dem sie gesprochen hatte. Er war Polizeihauptmeister, wie sie an seinen vier Schulterstreifen sah. „Wendt" stellte er sich vor und rief dem Kollegen am Steuer zu: „Volle Kraft voraus!"

Sie nahmen Fahrt auf. Die Blaulichter an den Seiten der Kajüte wurden eingeschaltet. Das Polizeiboot pflügte durch das Wasser, hatte rasch die Hornspitze Höri erreicht, bog zwischen Reichenau und dem Festland um sie herum Richtung Schweiz.

Sie war Wendt in die Kajüte gefolgt, wo er vorne stand und mit einem Nachtglas durch die Scheibe spähte. Sein Kollege, der das Steuer in der Hand hielt, nickte ihr freundlich zu und meinte: „Die kriegen wir schon. In die Schweiz, das schaffen sie nicht."

„Und wenn schon", sagte Wendt. „Die Thurgauer sind informiert. Die schicken ein Boot von Schaffhausen." Erklärend fügte er hinzu: „Alle Zentralen arbeiten hier eng zusammen. Die Österreicher in Bregenz und die Schweizer von Thurgau aus. Geht auch nicht anders. Der Bodensee ist keine Spielwiese. Immer ist eins unserer Schiffe unterwegs. Egal bei welchem Wetter."

Es war das erste Mal, dass sie auf einem Polizeiboot mitfuhr. Die Kajüte sah aus wie das Cockpit einer B747. Monitore, Telefone, Lautsprecher, Instrumententafeln und Bedienungshebel. Wendt bemerkte ihren erstaunten Blick, lächelte.

„Brauchen wir alles für unsere Arbeit", sagte er. „Wahrscheinlich haben Sie keine Vorstellung, was auf dem Bodensee alles los ist." Er zeigte auf eine der Instrumententafeln. „Das da ist zum Beispiel für Sonarbilder. Jedes Jahr verschwinden einige Segler. Oft auch ganz Unvorsichtige mit dem Gummiboot. Die fahren morgens bei schönem Wetter los. Dann schlägt das plötzlich um. Wir werden gerufen. Meistens können wir helfen. Manchmal aber auch nicht. Dann suchen wir den Boden nach Ertrunkenen ab. Oder wir müssen Kampfmittel aufspüren, Brandbomben, Hinterlassenschaften des Zweiten Weltkriegs. Sieht hier alles sehr idyllisch aus, wird aber von den Urlaubern unterschätzt. Wir haben hier auf dem Wasser mehr zu tun als die Kollegen auf dem Land. Glauben Sie mir! Aber Sie haben wahrscheinlich jetzt andere Sorgen, als unsere Arbeit kennenzulernen. Erzählen Sie mir bitte etwas ausführlicher, warum Sie in Radolfzell sind."

Katharina Luca spähte mit ihm nach vorne in die Nacht hinaus, berichtete über den Fall Achenbach, von dem Wendt schon gehört hatte, aber insgesamt nur wenig wusste. Nur, dass die Konstanzer die Untersuchung nach Bonn abgegeben hatten.

„Warum sind Sie nicht direkt auf die Idee gekommen, dass der Tatort auch ein Boot sein könnte?" fragte er.

„Wenn ich das wüsste!" sagte sie. „Wahrscheinlich ist das typisch für Landratten. Wir waren zuerst von Schaffhausen als Tatort ausgegangen. Die Strecke zwischen Stauwehr und Wasserfall. So hatten die Schweizer vermutet."

Sie spähte ungeduldig durch die Scheibe nach vorne. Nur an den Ufern sah sie Lichter, aber nicht auf dem Untersee. Da bewegte sich nichts mehr auf dem Wasser.

„Gleich passieren wir Gaienhofen", sagte Wendt, der ihre Nervosität bemerkte. „Wenn die wirklich in Richtung Schweiz gefahren sind, werden wir sie einholen. Unser Boot macht 32 Knoten. 60 Kilometer die Stunde. So schnell werden die nicht sein. Haben Sie irgendeinen Verdacht? Bei wem könnte ihr Kollege auf dem Boot sein? Worauf müssen wir uns einstellen, ohne Ihren Kollegen in Gefahr zu bringen? Worauf müssen wir vorbereitet sein? Sie sagten bei einer Frau?"

„Vielleicht jemand vom Verlag. Vielleicht von dieser Gothic-Band. Vielleicht sogar diese Autorin, die wir suchen. Ich weiß es nicht."

„Könnte es nicht sein, dass alles ganz harmlos ist? Wie gut kennen Sie Ihren Kollegen? Wäre es nicht möglich, dass er nur ein nettes Rendezvous hat?"

Sie schüttelte energisch den Kopf.

„Niemals. Dann klettert der doch nicht mit einer Taschenlampe durch das Wasser auf den Steg!"

54

„Sie könnten mit einer leichten Strafe davonkommen", rief Brandt in den Motorenlärm hinein. „Vielleicht war es ja Notwehr. Achenbach hat sie angegriffen. Niemand kann das Gegenteil beweisen."

Sie drosselte etwas den Motor, verringerte die Geschwindigkeit, drehte sich zu ihm um.

„Sie verstehen mich nicht. Er wollte mein Lebenswerk zerstören, mich blamieren. Es gibt keine Martha Engelreich. Er hat das Buch selbst geschrieben."

„Muss doch niemand wissen. Sie konnten beide gut damit verdienen."

„Eben nicht. Er hat es nur geschrieben, um den Verlag bloßzustellen. Er war am Samstagmittag bei mir, hat das gestanden. Ich habe ihm vorgeschlagen: ‚Wir behalten das für uns. Sie bekommen weiter das Honorar, meinetwegen auch das Preisgeld.' Er hat nur höhnisch gelacht, gesagt: ‚Darum geht es mir nicht. Ich wollte nur beweisen, mit welchem Mist man literarisch berühmt werden kann. Bei der Preisverleihung werde ich das offenlegen."

„Dann haben Sie ihn erschlagen, im Dunkeln auf das Boot gebracht? Allein?"

„Ach was! So war das nicht. Ich habe gemerkt, dass er auch andere Interessen hat. Er hat mich taxiert, hatte so einen gewissen Blick in den Augen. Ich habe ihn zu der Bootsfahrt eingeladen, gesagt: ‚Bei einer Flasche Sekt reden wir noch einmal darüber.' Er ist darauf eingegangen."

Alice Waigel drehte Brandt den Rücken zu, nahm wieder Geschwindigkeit auf, sah wieder konzentriert über den Bug hinweg nach vorne in die Dunkelheit. Der Untersee war schmaler geworden, die beiden Ufer näher gerückt. Der Kommissar schätzte, dass sie bereits Gaienhofen passiert hatten.

„Und dann?" rief er ihr zu.

„Er hat auf der Blamage bestanden. Er ließ nicht mit sich reden."

„Da haben sie ihn mit der Figur erschlagen?"

„Ja. Das war kurz vor Stein am Rhein. Ich habe seine Taschen geleert, ihn ins Wasser geworfen", rief sie, ohne sich nach ihm umzudrehen.

„Frau Waigel", unternahm Brandt einen neuen Versuch. „Sie könnten sich auf Notwehr berufen. Niemand kann das Gegenteil beweisen. Mir haben Sie nichts erzählt."

Sie drehte sich nach ihm um. Im weißen Positionslicht über der Kajüte sah er ihr entschlossenes Gesicht. Sie lachte, schüttelte den Kopf mit den langen roten Locken, rief ihm zu:

„Sie verstehen mich wieder nicht. Mein Lebenswerk ist zerstört. Ich bin blamiert, wenn das rauskommt. Das lässt sich doch nur vermeiden, wenn Sie nichts mehr aussagen können."

Brandt schwieg. Die Frau dort am Steuer der ‚Penthesilea' war wahnsinnig. Jeder Beschwichtigungsversuch würde scheitern. Der Fall Achenbach hatte seine eigene Dynamik bekommen, in die er nicht mehr eingreifen konnte.

55

Sie hatte sich von Wendt das Nachtglas geben lassen, spähte nun selbst nach vorne, wo alle

Konturen in einem hellen Grün erkennbar waren. Noch sah sie nichts außer Wasser und die Linien der Ufer, die nun etwas enger zusammenrückten. Sie hatten Gaienhofen passiert, das rechts von ihnen lag, und gerade auch Mammern auf der gegenüberliegenden Seite, wo sie mit Brandt den Bodensee entlang gefahren war. Mit dem Fernglas konnte sie oben auf dem Hügel sogar den Zwiebelturm der Wallfahrtskapelle erkennen. Geisterhaft grünlich erschien er ihr. Sie dachte an die Legende, die sie Brandt vorgelesen hatte. Das gereizte, verletzte Wildschwein. Der Jäger, der Freiherr, hatte den Bau einer Kapelle gelobt, sollte er ihm entkommen. Die ‚Sieben Schmerzen Mariä'. In ihrer Familie war niemand fromm bis auf die Mutter. Die ging sonntags in die Kirche, um zu beten. Half das? Sie zweifelte. Das galt doch wohl nur für Märchen, wo das Wünschen immer geholfen hatte. Ihren Kollegen zu verlieren, mochte sie sich nicht vorstellen. Dass er in höchster Gefahr war, lag für sie auf der Hand. Der war nicht wegen eines netten Rendezvous unterwegs. Der unterdrückte Anruf. Sich bis jetzt nicht zu melden. Das war nicht seine Art. Wahrscheinlich war er in der gleichen Gefahr wie Achenbach. Dieser Idiot! Turnte im Dunkeln auf einem Bootssteg herum! Für einen Augenblick war sie zornig auf ihn. Dann gestand sie sich ein, dass er mehr war als nur ein Kollege. Sie ließ das Nachtglas sinken.

„Che merda!" fluchte sie.

„Was ist?" fragte Wendt, der neben ihr stand.

„Nichts!" antwortete sie, hob das Fernglas wieder vor die Augen. Der Bodensee würde sich bald deutlich verengen, die Ufer noch näher zusammenrücken. Bald wäre auch Stein am Rhein erreicht. Da sah sie auf einmal die Positionslichter auftauchen. Da war ein Boot vor ihnen. Die Lichter waren noch wie kleine Punkte. Ein heller am Heck, zwei abgedunkelte an den Seiten. Fünfhundert Meter noch schätzte sie. Sie ließ das Glas sinken, spähte nur mit den Augen nach vorne, sah die Punkte nicht mehr.

„Das könnten sie sein", sagte sie zu Wendt und reichte ihm das Fernglas. „Aber ich kann die Entfernung nicht abschätzen."

Der Polizeihauptmeister hielt sich das Glas vor die Augen.

„Ja, tatsächlich", sagte er. „Da fährt vor uns ein Boot. Siebenhundert Meter etwa. Es ist langsamer als wir. In ein paar Minuten haben wir es eingeholt. Die Signallichter aus!" ordnete er an. Sie sollen uns nicht jetzt schon bemerken. Die schalten wir in Rufweite wieder an."

Bald darauf konnte Katharina die Positionslichter mit bloßen Augen erkennen. Wendt sah mehr.

„Da sind zwei Personen. Eine hockt hinten am Heck. Die andere sitzt davor. Ob noch jemand in der Kajüte ist, kann ich nicht erkennen. Wenn wir nahe genug sind, fordern wir sie auf, die Fahrt zu stoppen. Folgen sie der Anweisung nicht, gehen wir steuerbords parallel. Für diesen Fall Schusswesten und höchste Vorsicht. Dann müssen wir mit allem rechnen. Hatte Ihr Kollege seine Waffe dabei?"

„Nein."

Nach ein paar Minuten hatten sie das Boot auf Rufweite erreicht. Sie waren kurz vor der Stelle, wo sich bei Eschenz der See deutlich verengt. Bis Stein am Rhein waren es nur noch drei Kilometer. Wendt hatte die Signallichter wieder eingeschaltet. An beiden Seiten des Polizeischiffs flammten sie blau auf, blinkten grell. Er griff sich ein Megaphon, verließ die Kajüte, ging nach vorne zum Bug, während die ‚Schwaben 21' ihre Geschwindigkeit drosselte.

„Stoppen Sie Ihre Fahrt", schallte es durch die Nacht. „Hier ist die Polizei!"

56

Brandt drehte den Kopf, als er das Megaphon hörte, sah die blau blinkenden Signallichter.

„Geben Sie auf!" rief er Waigel zu. „Es hat keinen Sinn mehr!"

Sie drosselte für einen Moment die Geschwindigkeit, blickte sich um.

„Dann gehen wir eben beide unter!" rief sie ihm zu. „Bis zur Brücke sind es noch drei Kilometer. Niemand wird erfahren, dass es Engelreich nicht gibt. Die Lektorin führt den Verlag weiter."

„Das ist doch Unsinn. Was haben Sie vor?"

„Ich setze das Boot gegen den Pfeiler. Wir werden beide nicht überleben."

„Das mit Engelreich wird rauskommen. Meine Kollegin weiß Bescheid. Wir haben Achenbachs Computer sichergestellt. Hören Sie mit dem Wahnsinn auf. Ich bleibe bei meinem Wort. Das mit Achenbach war Notwehr."

„Glaube ich Ihnen nicht. Ihr Männer seid doch alles Idioten!"

Sie lachte, drehte den Kopf, nahm wieder Fahrt auf. Für einen Moment vergrößerte sich der Abstand zwischen der ‚Penthesilea' und dem

Polizeiboot. Brandt sah weit vorne an beiden Uferseiten Lichter. War das schon Stein am Rhein? Noch war der Untersee breit. Bald aber würde er sich verjüngen, wäre nur noch der Rhein mit starker Strömung. Wie um Himmels Willen sollte dort das Polizeiboot Waigels Manöver verhindern können? Diese Ohnmacht! Er konnte nichts tun, nicht in das Geschehen eingreifen. An ihrer Entschlossenheit zweifelte er nicht mehr. Sie würde das Boot gegen einen Brückenpfeiler setzen. Es würde zersplittern, zerbersten. Ob man da eine Überlebenschance hatte? Waigel vielleicht. Er weniger. Er würde gegen den Pfeiler geschleudert werden, mit der Reling oder dem ganzen Heck des Bootes versinken. Da holte ihn in der Dunkelheit niemand mehr raus.

Plötzlich sah er, wie von vorne ein anderes Boot auf sie zufuhr. Für einen Augenblick schien es ihm auf Kollisionskurs. Aber es wich aus, rauschte an ihnen vorbei. In der Kajüte standen drei Männer in Uniform. Hinten am Heck erkannte er die Schweizer Flagge. Das mussten die Schweizer Kollegen sein. Er wendete den Kopf, sah dem Boot nach, das die Geschwindigkeit drosselte, dann beidrehte und sich hinter dem Polizeiboot mit den Signallichtern hielt. Das hatte Fahrt aufgenommen und war näher gekommen. Brandt schätzte die Distanz auf vielleicht fünfzig Meter. Was aber hatten sie vor? Mit welchem Manöver wollten sie die Wahnsinnige stoppen? Ging das überhaupt noch ohne ein Unglück? Er jedenfalls konnte nichts tun. Noch einmal zerrte er an der Leine, mit der sie ihn an die Reling gefesselt hatte. Aber nichts lockerte oder löste sich. Weder die Leine, die sich ihm in die Handgelenke schnürte, noch die stählernen Streben der Reling.

Es war eine böse Ironie des Schicksals, dass er sich Gedanken gemacht hatte über die Zeit nach seiner Pensionierung. Diese Zeit würde es in ein paar Minuten nicht mehr geben. Statt Katharina wiederzusehen peitschte eine wild gewordene Amazone mit ihm durch die Nacht.

57

„Die reagiert nicht", knurrte Wendt. „Entweder ist sie taub oder will nicht."

Er kam zurück in die Kajüte, legte das Megaphon beiseite, öffnete einen Schrank, zog drei Schusswesten heraus, verteilte sie.

„Könnte gefährlich werden. Ich kann die Kajüte nicht einsehen. Wir wissen nicht, ob die Frau allein ist."

Zu Katharina gewandt, erklärte er: „Wir sind vor drei Jahren schon einmal unfreundlich empfangen worden. Schmugglerboot auf dem Weg nach Bregenz. Vielleicht ist die Dame ja bewaffnet."

„Neben die Steuerbordseite!" kam seine Anweisung. „Noch einmal mit Megaphon."

Die ‚Schwaben' nahm wieder Fahrt auf, kam näher, war bald neben der ‚Penthesilea', schien sie zu überholen, drosselte aber die Geschwindigkeit, als das Heck des Polizeibootes neben dem Bug war.

„Das ist die Waigel", sagte Katharina Luca. „Lassen Sie mich das machen. Ich kenne sie."

Sie nahm das Megaphon, trat aus der Kajüte auf das Heck, stellte sich an die Reling. Sie sah Brandt auf den Planken kauern. Er hatte den Kopf gehoben, sah zu ihr hin. Mit den Händen war er an die Reling gefesselt. Alice Waigel blickte starr geradeaus, verringerte nicht die Geschwindigkeit, hatte mit beiden Händen das Steuerrad umklammert, tat, als würde sie das Polizeiboot nicht bemerken.

„Stoppen Sie das Boot!" rief die Kommissarin.

Alice Waigel warf einen kurzen Blick zur Seite. Dann sah sie wieder geradeaus, reagierte nicht, fuhr mit unvermindertem Tempo weiter.

„Die will gegen die Brücke", rief Brandt. „Die stoppt nicht."

„Stoppen Sie das Boot!" rief Katharina Luca noch einmal. Sie zog ihre Pistole, gab einen Schuss in die Luft ab. „Stoppen Sie das Boot!"

Alice Waigel reagierte nicht. Mit unverminderter Geschwindigkeit pflügte die ‚Penthesilea' durch das Wasser.

Für einen kurzen Moment sah die Kommissarin nach vorne, sah, dass sich in ein paar hundert Metern der See so verengte, dass sie sich nicht mehr, ohne in Untiefen zu geraten, neben dem Boot halten konnten. Sie sah Brandt auf den Planken kauern, sah die Frau, die einfach nur geradeaus starrte und nicht reagierte. Da fiel der zweite Schuss. Alice Waigel sank in sich zusammen. Die Hände lösten sich vom Steuer. Der Körper rutschte vom Sitz auf die Planken. Die ‚Penthesilea' verlor an Geschwindigkeit. Der Motor wurde leiser, tuckerte noch vor sich hin, ging aus. Eine Weile noch glitt das Boot übers Wasser, drehte sich, schaukelte auf den Wellen, wurde von einer leichten Strömung weitergetragen. Die ‚Schwaben' manövrierte sich jetzt an die Steuerbordseite. Wendt kam aus der Kajüte, löste am Heck eine

Bootsstange mit einem Enterhaken, bekam die Reling der ‚Penthesilea' zu fassen, zog das Boot näher an die ‚Schwaben'.

Die Kommissarin sprang auf das Heck, warf einen kurzen Blick auf Alice Waigel. Die lag leblos vor der Kajütentür. Blut sickerte auf die Planken, bildete eine größer werdende Lache. Sie beugte sich zu Brandt, sah sein rot beflecktes Hemd, seine Augen, deren Ausdruck sie sich nicht zu deuten wusste.

„Idiota!" sagte sie nur und begann den Knoten an der Reling zu lösen.

Wendt war inzwischen auch auf das Heck gesprungen, hatte sich über Alice Waigel gebeugt. Er richtete sich wieder auf, schüttelte den Kopf.

„Sie haben sie erschossen", sagte er zu Katharina Luca.

58

Sie legten im Yachthafen von Eschenz an. Wendt hatte die ‚Penthesilea' übernommen und einen Hubschrauber angefordert. Brandt sollte nach Konstanz in die Klinik geflogen werden. Er hatte abgewunken: „Ich bin Okay." Aber die Wunde hinten am Kopf sah nicht danach aus. Auch nicht das blutbefleckte Hemd und die Jacke. Alice Waigel hatte kräftig zugeschlagen. Wahrscheinlich mit dem Stemmeisen, das unter der Bank gelegen hatte.

„Du musst in die Klinik", hatte Katharina gesagt. „Spiel nicht den Helden!" Dann hatte sie sich neben ihn auf die Bank gesetzt, den Kopf in den Händen vergraben, geschwiegen. Das erste

Mal in ihrem Berufsleben hatte sie jemanden erschossen.

„Du hattest keine andere Wahl", versuchte Brandt sie zu trösten. „Sie hätte das Boot gegen den Brückenpfeiler gesetzt."

Wendt widersprach: „Wir hätten versuchen können, sie mit einer Wurfleine und einem Kreuzanker zu fixieren, die Fahrt zu stoppen."

„Blödsinn!" hatte Brandt geknurrt. „Wir sind hier nicht bei den Piraten."

Der Polizeihauptmeister hatte darauf mit den Schultern gezuckt, geschwiegen.

Sie gingen alle Drei zu einer Wiese am Yachthafen. Brandt versuchte einen stabilen Eindruck zu machen, aber sein Gang war unsicher. Er war bleich im Gesicht. Als sie das Rotorengeknatter hörten, sagte Katharina: „Ich komme mit nach Konstanz."

„Ach was!" winkte der Kommissar ab. „Komm lieber morgen mit dem Wagen und hol mich ab. Ich bleib da nicht. Das ist nur eine leichte Gehirnerschütterung."

Er kramte in seiner Jackentasche, zog den Wagenschlüssel heraus, gab ihn ihr.

„Wir reden später."

Sie schüttelte den Kopf, protestierte. „Soll ich jetzt allein in der Ferienwohnung sitzen? Ich komme mit."

„Gut", meinte Brandt, „aber beschimpfe mich bitte erst morgen."

„Idiot", sagte sie. „Ich habe ein ganz anderes Problem."

In Konstanz kam Brandt in die Röhre.

„Er hat Glück gehabt", sagte die Ärztin. „Linearfraktur, aber ohne Epiduralhämatom. Es ist kein Blutgefäß im Innern gerissen. Eine mittelschwere Gehirnerschütterung."

Er bekam ein Zweibettzimmer. Im zweiten Bett schlief sie. Als sie am Morgen wach wurde, war er weg. Sie ging auf den Gang, fragte eine der Schwestern:

„Wo ist er?"

„Der ist draußen auf der Terrasse."

Als sie dorthin kam, stand Brandt da mit einem Becher Kaffee und hatte sich eine Zigarette gedreht. Er blies Kringel in die Luft. Mit dem weißen Verband um den Kopf sah er aus wie ein persischer Mullah.

„Geht dir offensichtlich wieder gut!" begrüßte sie ihn.

„Na ja", meinte er, „der Kopf brummt noch ein bisschen. Aber wärst du nicht gekommen, würde ich jetzt gar nichts mehr spüren. Alice Waigel war wild entschlossen. Bis zur Brücke war es nicht weit. Du hattest keine andere Wahl."

„Trotzdem", sagte sie. „Ich steck das nicht so einfach weg. War das wirklich notwendig? Warum hast du nicht vorher angerufen? Gehst allein auf den Steg. Wäre da nicht der Obdachlose auf der Bank gewesen, hätte ich nicht gewusst, wo du bist."

„Ja, ja, ich weiß, es war Leichtsinn. Aber mit so etwas habe ich nicht gerechnet."

Dann erzählte er, wie alles abgelaufen war und was ihm Alice Waigel über Achenbach gesagt hatte.

„Ein bisschen kann ich sie verstehen", meinte er. „Achenbach hat ihr hinterhältig mitgespielt. Der hat eine perfekte Konstruktion hingelegt, nur um ihren Verlag zu blamieren und um zu beweisen, dass man mit Blödsinn Geld verdienen kann. Ein fein gesponnenes Netz, in dem er sie gefangen hat und selbst dabei ums Leben gekommen ist. Wer andern eine Grube gräbt und so weiter. Sie hätte auch ganz anders reagieren können. Aber bei diesem Namen? Penthesilea. Die Amazonen gibt es anscheinend immer noch."

„Warum bin ich dein Kummerkind?" fragte sie.

„Der auf der Bank hat mich damit empfangen. ,Bist wohl sein Kummerkind', hat er gesagt, als ich ihn nach dir gefragt habe."

Brandt lächelte verlegen, drückte die Zigarette in einem Aschenbecher aus. Womit sollte er sich herausreden? Wozu auch?

„'Kummerkind' habe ich nicht gesagt. Ich habe ihm nur erzählt, dass ich ein Problem hätte."

„Mit mir?"

„Ja."

„Und welches?"

„Ich habe nicht nur kollegiale Gefühle für dich", antwortete er.

Sie lachte. „Schön!" sagte sie. „Da haben wir ja das gleiche Problem."

Sie nahm ihm den Kaffeebecher aus der Hand, stellte ihn auf den Boden. „Das Problem lässt sich lösen", sagte sie zu Konrad Brandt. Dann umarmte sie ihn.

*

Rüdiger Schneider lebt als Autor in Bad Breisig am Mittelrhein. Veröffentlichung von Romanen und Erzählungen. Publikationen zum Jakobsweg und auch anderen Pilgerwegen u.a. ‚Via Hildegardis'. 1996 Förderpreis zum Literaturpreis Ruhrgebiet. 2000 erschien im Leipziger Militzke-Verlag mit ‚Pandoras Schatten' sein erster Krimi.

Website: www.ruediger-schneider.com